Judith

Vio

GEGRÜNDET 1999

Judith Nika Pfeifer

Violante

Czernin Verlag, Wien

Gedruckt mit Unterstützung der Kulturabteilung der Stadt Wien
und des Landes Oberösterreich.

Mit freundlicher Unterstützung der Casa Litterarum Paliano der Österreichischen Gesellschaft für Literatur und des Bundeskanzleramts Österreich für die Gewährung eines Reisestipendiums sowie des Landes Oberösterreich für die Gewährung eines Arbeitsstipendiums. Danke für die Unterstützung des Literaturreferates der Kulturabteilung der Stadt Wien.

Diesem Text liegen zum Teil Gespräche mit Wissenschaftler/inne/n und befreundeten Künstler/inne/n zugrunde. Ich bedanke mich bei allen Gesprächspartner/inne/n, die mir ihre Zeit und Erfahrung zur Verfügung gestellt haben.

Pfeifer, Judith Nika: Violante / Judith Nika Pfeifer
Wien: Czernin Verlag 2017
ISBN: 978-3-7076-0601-0

Lektorat: Florian Huber
Umschlaggestaltung: sensomatic
Coverbild: Ausschnitt aus Sandro Botticelli, Porträt der Simonetta Vespucci, © bpk/Gemäldegalerie, SMB/Jörg P. Anders
Zeichnung S. 132 aus: *Töchter der Venus* von Monica Kurzel-Runtscheiner
Satz: Burghard List
Druck: Finidr
ISBN Print: 978-3-7076-0601-0
ISBN E-Book: 978-3-7076-0602-7

Ich sage nicht, dass sie nicht tot ist, ich sage nicht, dass es nicht schrecklich ist, dass sie ermordet wurde. Ich sage nur, dass es nichts helfen würde, da was anzuleiern. Einen toten, rehabilitierten Mörder ent-rehabilitieren. Ich sage nicht, dass es unmöglich ist. Eher äußerst unwahrscheinlich. Und wer weiß, was damals alles dahintersteckte. Der Kontext, wissen Sie, das ewige Raumzeitproblem. Es gibt da eine Kollegin, sie ist Expertin für italienisches Strafrecht, ich schreibe Ihnen ihre Nummer auf. Wenn Sie sie treffen, sagen Sie ihr schöne Grüße, dann haben Sie nur noch das Problem mit der Gegenwart. Der Kontext, sehen Sie, der Rechtsspruch hätte absolut gültig sein können, nach dem damaligen vorherrschenden Recht. Sie brauchen einen Kirchenrechtler, der sich mit dem Recht des sechzehnten Jahrhunderts in Rom auskennt, und selbst dann wissen Sie nicht, ob Mord damals nicht verjährte oder in bestimmten Fällen gar kein Mord war.

Alles beginnt im Nachhinein. In Neapel oder Capriglia zum Beispiel, wo ich am 28. Juni 1476 geboren werde. Es zieht mich früh nach Rom, wo mein Cousin und Mentor Oliviero Carafa, Kardinal und Erzbischof von Neapel, lebt. Ich werde jung Priester. Alexander VI. macht mich zu seinem Kämmerer, man könnte auch Ordonanzoffizier sagen oder Assistent. Papst Julius II. ernennt mich zum Erzbischof von Chieli. Paul III. macht mich zum Kardinal, und schließlich werde ich am 23. Mai 1555 von den zum Konklave eingeschlossenen Kardinälen als Paul IV. zum Papst gewählt. Ich bin achtundsiebzig Jahre alt. Meine positiven Eigenschaften: fürsorglich, intuitiv, sparsam, familienorientiert, feinfühlig, treu. Manche sagen, ich sei überempfindlich, besitzergreifend, reizbar und nachtragend. Vielleicht bin ich etwas passiv.

Cancer Horoscope for week of December 8, 2016: The poet Dick Allen described Zen Buddhism as being »so filled with paradoxes that it jumps through hoops that aren't even there.« I'm tempted to apply this description to the way you've been living your life recently. While I can see how it may have entertained you to engage in such glamorous intrigue, I'm hoping you will stop. There is no longer anything to be gained by the complicated hocus-pocus. Hoc est corpus meum. Jesus. *But it's fine for you to jump through actual hoops if doing so yields concrete benefits.*
(Rob Brezny)

Haccus, Maccus, Baccus, hier als Glücksformel. Ogos Bogos, Hogges. Pogges, Oxpox. Hax pax max. Deus adimax. Sag mal, die anderen reden ohne Unterlass. Wir diskutieren einen Mordfall. Eine Tragödie. Wir ist ein neuronales Weltwirnetz. Du ist eine Reihe von Ichs. Ich ist ein Medium. Zum Mitschreiben. Ich Gianpietro. Ich Violante. Ich Giovanni. Ich Marcello. Carlo. Diana. Domiziano. Papst. Ich Marie-Henri. #me. Ich bin nicht da. I am tired, I am weary. I could sleep for a thousand years. Ich, ein Herzog. Ich, seine geliebte Frau. A thousand dreams that would awake me. Ein Herzog soll seine geliebte Frau töten. Ein Herzog soll seine geliebte Frau töten lassen. A duke has his beloved wife murdered.

Sie erwarten ihr zweites Kind. Er liebt sie. Sie sagt, da war nichts zwischen ihr und dem anderen, dem vermeintlichen Liebhaber. Sie schwört bei G*tt. Sie beichtet und beichtet, da war nichts. Please, do not believe the information that others post. They don't even check if the information they publish is real. No offense, everything's fake. No member of the family is dating someone. They're all single or happily married, *capisce*? All information about Violante dating someone is not true. She can't date anyone, in fact, she's too busy. Do not believe it, okay? The credits they give are ridiculous. They make up their own news. Just like the Violante & Marcello story. They both like to stroll around in the woods, what's the problem? He was in her room? So what? Coincidence! Plus, there was a third person in the room!!! Violante buying him *confiture*? Not enough proof. Please, DO NOT BELIEVE NEWS REGARDING VIOLANTE OR ANYONE IN A RELATIONSHIP WITH HER. She's been through a lot, and is totally annoyed with and tired of ridiculous news of some silly piss-pot pages.

Das Wunder heißt Vertrauen. (Auftrag: Lisa Blasch)

Fake news is the new news. Black is the new black. Und die Wirklichkeit die Summe der Möglichkeiten, nicht der Fakten. Ich zitiere Konrad Bayer, der André Breton zitiert. Also in umgekehrter Reihenfolge: zuerst die Fakten, dann die Möglichkeiten.

1555

Der Papstwahl vom 23. Mai gehen tagelange, heftige Auseinandersetzungen zwischen den zum Konklave eingeschlossenen Kardinälen voraus. Gianpietro Carafa wird von nicht wenigen als ein unangenehmer, rauer Typ beschrieben. Und sogar diejenigen, die ihn zum Papst wählen, haben Angst vor seiner Härte und seiner unerbittlichen Frömmigkeit. Die unerwartete Wahl hat umwälzende Folgen in Neapel und Palermo. Innerhalb weniger Tage treffen zahlreiche Mitglieder der illustren neapolitanischen Adelsfamilie Carafa in Rom ein.

Good news für die Carafas: Die drei Neffen des Papstes, die Söhne seines verstorbenen Bruders, des Grafen von Montorio – Tick, Trick und Track –, Giovanni, Carlo und Antonio werden besonders begünstigt. Auf dass sie die Herrschaft religiös-sittlicher Ideen immer mehr zur Wirkung bringen. Auf dass hinter Ideologie militärische Stärke wache. Bad news für Rom und die Welt. Im Papstherz der G*tt des Nepotismus schlägt sich gut. Und Tick, Trick und Track zeigen rasch ihr Gesicht, *OMG!*, sehen nun eher aus wie die Panzerknacker Ede, Max und Otto – Chapeau, Erika Fuchs!

Die drei Brüder beginnen gleich zu Beginn all jene, die sich ihnen in den Weg stellen, zu enteignen. Machen, was sie wollen, nehmen sich, was sie wollen, Geld, Besitz, Ländereien, Mädchen und Frauen ohne Rücksicht auf Stand, Adel und Herkunft. Pech, wer ihnen ins Auge fällt. Mehr noch, sie lassen sich nicht einmal durch die heilige Abgeschlossenheit der Klöster aufhalten!

In erster Linie ist Macht eine enthemmende Kraft.

La gente, das Volk – entsetzt, verzweifelt, ohnmächtig – weiß nicht, wohin sich wenden. An G*tt? An den Papst? Und wie, bitte schön? Der wird von den drei Brüdern kontrolliert und abgeschirmt.

READ MORE: This is What Tyranny Looks Like

Beim Verhandeln zeigt sich Paul IV. sehr schwierig, je mehr man ihn um etwas bittet, desto weniger tut er es. Drängt man nicht, so gibt er schnell und leicht nach. Er duldet keinen Widerspruch und wird sehr leicht heftig. Wer etwas erreichen will, darf ihn nicht unterbrechen.

(Ludwig von Pastor)

Es ist ihm gegenüber, sagt Navagero, ebenso große Geduld wie Gewandtheit nötig: Wenn man es versteht, ihn zu besänftigen, schlägt er einem nicht leicht etwas ab. Am meisten erreicht der, welcher sich ganz seiner Art anbequemte, weshalb der kluge Vertreter Venedigs niemals mit einer bestimmten Absicht zur Audienz ging, sondern sich jedesmal nach den Umständen richtete.

(Ludwig von Pastor)

Der Herzog Alba wird eben darauf aufmerksam gemacht, dass Paul IV. sich nie von Furcht lenken lassen werde, er sei ein Mann, der eher die Zerstörung der Stadt Rom dulden und selbst den Tod erleiden würde, als dass er etwas täte, was sich mit seiner päpstlichen Würde nicht vertrüge. Bericht Navageros vom 4. Juni 1557.

(Ludwig von Pastor)

Die Brüder in Spitzenpositionen leiten bald eine kuriose Mischung aus Industrie-Holding, Mafia-Clan und einem amerikanischen (süd-us-amerikanisch-egal) Milliardärsregime. Nicht nur das eigene Volk, auch die Botschafter anderer Länder werden respektlos behandelt. #schreckensherrschaft nezeitlang #vom_glück_bevorzugt

Für den Abendsalon im Palazzo hat sich Herzogin Violante in Schale geworfen. In ihrer goldfarbenen Robe bezaubert sie sicherlich nicht nur ihren Ehemann Giovanni, Herzog von Paliano. Die rothaarige Diana Brancaccio, ihre Vertraute und eine nahe Verwandte, trägt ein Lied vor.

Die menschliche Stimme kann *irrsinnig* verführerisch sein.
Was für eine Haarfarbe, prachtvoll.
Und so äußerst selten zu sehen.

Colour Codes slash Coats.

Red-haired women are often sexualised (as sexually disposable). Lighter-skinned women are often considered more desirable and fit better into the western mainstream ideology of beauty.
Yeah sure.
Is it so?

Es wird geklatscht. Es wird geplaudert. Alle kennen einander, zumindest vom Sehen.

Während der Herzog noch an seinem brokatenen Überrock fummelt, sitzt bei Herzogin Violante alles. Dem Anlass entsprechend erscheint Violante ganz in Gold und Ocker. Ihre Schultern schmückt ein Tuch, das uns sehr bekannt vorkommt.

Ich war unlängst in Venezia. Trug nicht Lavinia, Tiziano Vecellios Tochter, ein ähnliches Kleid? *Lavinia (Tizian), circa 1545. Portrait von Tizians Tochter Lavinia. Neapel, Museo Nazionale di Capodimonte. (Portrait of Linda in three colours, all black. Sonny Sharrock)*
Wie bitte.
Wir wollen wissen: Wem steht es besser?

Well, she is other-wordly.
Violante wird von *allen* für ihre ungewöhnliche Schönheit und ihre besondere Anmut bewundert.
Die sie vor allem zur Schau stellt, wenn sie gefallen will.

Impossibly beautiful.
Chez nous on dirait photogénie.
È ancora libero questo posto?
Ma certo, prego.
Weißt du, was sie angeblich gesagt hat?
Wem?
Isabella.
Isabella?
Ja, Isabella.
Na, sag schon.
Psst.
Ssst, piano! Sie sagt etwas.
La luna non è che il complemento della terra, il suo rovescio speculare, il luogo dove s'aduna tutto ciò che sulla terra si perde.

Ludovico Ariosto

Was für eine Stimme!
Goddess-like.

In- und auswendig.

Und erst die Sonette des genialen Petrarca, und neulich zwei Erzählungen aus dem Pecorone.

Uuh, sie hat sich versprochen.

Ein Lispler.

Bezaubernd, nicht? Der Mond ist nichts weiter als die Ergänzung der Erde, ihr Rückspiegel, der Ort, an dem sich alles sammelt, was auf Erden verloren ...

»Violante, sie ist wunderbar, ich verehre und respektiere sie. Sie ist die Mutter meines Kindes, und ich würde nie etwas tun, das sie traurig machen könnte.« (der Herzog)

Er ist ein Genießer.

You have to live with that uncertainty, you have to embrace it instead of trying to eliminate the uncertainty.

Totally.

Embrace your jealousy.

Are we exclusive?

SIE SIND DAS SCHÖNSTE TRAUMPAAR ROMS! DIE HERZOGIN VIOLANTE UND GIOVANNI CARAFA SIND GUTER HOFFNUNG UND DAS GLÜCK DARÜBER IST IHNEN IN JEDER SEKUNDE ANZUSEHEN.

Glamour herrscht hier auch im Alltag: Wenn man die sechs Meter hohe Eingangshalle betritt, werden die Hauptelemente schnell ersichtlich: fließende Formen, gewölbte Wände, verkleidete Treppen und Balkenkonstruktionen, die natürliches

Licht zulassen. Durch ein großes Glasdach flutet Tageslicht in die drei Galerien. Was für ein Prunk.

Oh, Gucci?
Bitte?

Mit ihrem hellblauen Mohair-Mantel bringt Herzogin Violante Leichtigkeit in kühle Tage. An ihrem linken Daumen trägt sie ein kleines weißes Band, ein eher ungewöhnliches Accessoire für eine Herzogin. Um eine schlimme Verletzung kann es sich dabei allerdings nicht handeln, schließlich strahlt Violante über beide Ohren.

Violante? Ist sie nicht hinreißend?
Sie ist wunderbar versponnen, am großartigsten ist sie, wenn sie ihr Publikum mit ihren bezaubernd sonderbaren Einfällen unterhält.
Eine Dame von Ehre, die Freude an sich selbst hat.
Kann auch maßlos stolz sein. Doch ist sie stets diskret, nie bitchig.
Spanische Familie, neapolitanischer Hochadel.

Royal Baby Alert! Paliano's Giovanni Carafa and Violante di Cardona Expecting Second Child. A royal baby is on the way! *GIOLANTE* sind guter Hoffnung. While the Duke's palace isn't commenting on the happy news, a pregnant-looking Violante was spotted recently in Rome alongside her husband Giovanni. Violante is reportedly due in late 1559.

Unendlich glücklich?
Ich sage nicht, dass er sie vernachlässigt, aber sie könnte sich vernachlässigt fühlen.

Sie erweckt nicht selten Leidenschaften, doch teilt sie keine.
Ach, das wissen doch alle, dass ihr Mann im Palazzo Besuch von den schönsten und berühmtesten römischen Damen bekommt.
Womit sie sich nicht abfinden mag.
Der Gerechtigkeit halber muss gesagt sein, dass – was sich in den Stunden und Minuten vor ihrem Tod zeigt – man kaum eine größere, stärkere Seele finden könnte als ihre. Und wie süß ihr Sohn doch ist, der kleine Herzog von Cavi. Kennen Sie ihn?
Bitte?
Nicht umdrehen.
Marcello Capecce.
Wo?
Ein entfernter Cousin der Herzogin.
Der schönste Mann Roms.
Günstling des Herzogs.
Ach was, der schönste Mann der Welt.
Sein Neffe.
Pssst, da kommt er.
Alle setzen ihre Weltdamengesichter auf.

Er scheint mir etwas unruhig zu sein.
In letzter Zeit sieht man ihn die seltsamsten Dinge tun.
Vielleicht ist er nur zerstreut.
Manchmal sieht es danach aus.
Man könnte meinen, er habe etwas vor und wüsste nicht, was. Wenn er zum Beispiel einen Raum betritt, nach einigen Schritten kehrtmacht, um wieder zu gehen.
Vielleicht ist er auch nur auf der Suche.
La maladie d'amour.

Die Bestimmung von Liebeskrankheiten. *De la maladie d'amour ou mélancolie érotique* von Jacques Ferrand von 1610, sehr empfehlenswert und vor nicht allzu langer Zeit neu aufgelegt.

Man nimmt ihn nicht für ganz voll. Dabei ist er bloß verliebt. In die Frau eines anderen, die er sich aus dem Kopf schlagen muss. Er sieht, wie unglücklich sie ist. Sieht, wie ihr Mann, der Herzog, sie vernachlässigt. Er weiß, dass sie weiß, dass der Herzog in seinem Palast Besuch von den schönsten, berühmtesten Damen bekommt. Zwischen ahnen und wissen: Recht haben.

Wer Recht haben will, kann nicht genießen. Wer genießen kann, muss nicht Recht haben.

(Fritz Ostermayer)

Liebe hat immer recht. #love #liebloseehe #loveyou #lovesucks TEDx Talk. Liebe genießt und schweigt. Violante, was in einem Namen steckt. Like sie nicht, lieb sie. Marcello genießt, schweigt und leidet. Love will find a way. Er wird, er kann ihr NIEMALS seine Liebe gestehen.

Page: Ich bin verliebt, man hält mich nicht für voll.
Mephistopheles: Ich weiß nicht mehr, wohin ich hören soll.

(Johann Wolfgang von Goethe)

Violante? Meine Großmutter hieß Yolanda, auf Ellis Island wurde sie als Violante registriert. Ich weiß noch, als Kind, wenn ich bei ihr war, dann waren alle ständig so: »Oh, how unusual, but truly beautiful.« Auf die Frage, woher denn ihr Name komme, sagte sie meistens, das sei eine Mischung aus dem italienischen Viola und dem Französischen Yolante, mit der Bedeutung von violettfarben oder Veilchen aus dem Altgriechischen oder beidem. War in der Renaissance und bis ins achtzehnte Jahrhundert einigermaßen gängig bei italienischen Adelsfamilien. Namensforscher meinen, der Name könnte aus Frankreich stammen, könnte zu einem Teil auch Deutsch sein. In that case würde der Name auch *Kämpferin* bedeuten. Violare, verletzen.

Was in einem Namen steckt.
Ein Mensch.
Ein Veilchen.

»Violante, sie ist wunderbar. Ich verehre und respektiere sie. Sie ist die Mutter meines Kindes, und ich würde nie etwas tun, was sie verletzen könnte.« (der Herzog)

Violante of Aragona (1236–1301), Königin von Castilla y León: »Hola, que sorpresa verte otra vez!« Violante von Aragona und Sizilien (1273–1302), Prinzessin von Aragona: »Sì, totalmente! Que tal?« Violante Beatrice von Bayern (1673–1731), Ehefrau von Ferdinando de' Medici: »Così, così. Und selbst?« Violante Bentivoglio (1505–550), Marquise und Ehefrau von Caravaggio und Comtesse, Edelfrau von Galliate: »Piacere!« Violante Bentivoglio di Rimini und Ehefrau Pandolfos IV. Malatesta: »Ho mal di testa e mi fa anche un po' male la gola.« Violante di Monferrato, aus der Familie Aleramici (1274–1317), Prinzessin di Monferrato und Frau von Andronico II. di Bisanzio: »Sei anche un po' pallida …« Violante Paleologa (1318–1342), Contessa di Savoia, Aosta e Moriana: »Piacere, ha anche la febbre?« Violante di Svevia (1233–1264), Prinzessin von Sizilien: »Non lo so. Penso di no. Noi usciamo quasi ogni sera, anche a Palermo. Volete andare al cinema?« Violante Placido (1976–), italienische Schauspielerin und Sängerin, Tochter von Simonetta Stefanelli und Michele Placido: »When I was really young, I got moonstruck by ›Moonstruck‹.« Violante di Montefeltro (1430–493), Frau von Domenico Malatesta Novello und Edle von Cesena: »E lei, come si chiama?«

20:05: Radar Detector | Darwin Deez
20:09: I'll Kill Her | Soko
20:13: Smile | Gianna
20:16: One Hand Clap | Mule & Man
20:23: Spiracle | Soap & Skin
20:25: I'm Crying (Mother's Tears) | Bernhard Eder

Apropos Mother's Tears, die Außenperspektive: Unter den Kaplänen des Papstes gibt es einen Mönch, der mit dem Papst das Brevier betet. Die drei Papst-Neffen gehen eindeutig zu weit, sind gut im Enteignen, Bestimmen, Einschüchtern, Wüten, Betrügen. Eines Tages fasst eben dieser Mönch seinen ganzen Mut zusammen und berichtet dem Papst unter Lebensgefahr – wahrscheinlich auf Bitte und Veranlassung des spanischen Gesandten – von den Verbrechen und Schurkereien der drei Neffen.
Der fromme Papst glaubt ihm kein Wort, will nichts von all dem wissen und schickt den Mönch kurzerhand weg.

Doch seine Sorge, sein Misstrauen, sein Argwohn sind geweckt. Der selektive Blick.

#la_fête

Das Verhängnis will, dass Marcello, der schönste Mann Roms, ach was, der Welt, der hier – *Schwenk auf Marcello Capecce* – mit schnellen Schritten durch das nächtliche Rom stapft, mit Martuccia, einer der berühmtesten *cortigiane* Roms, einer absoluten Schönheit, verabredet ist. Es gibt was zu feiern. Nichts Ernstes, rein körperlich.

Und an eben diesem Abend ist sie nicht da, wo sie einander treffen wollten.

Nevica e nevica, ed io ho tanto caldo a letto con te.
(Andrea Grill)

Als er sie nirgendwo findet und hört, dass Lanfranchi, Andrea Lanfranchi, der Sekretär des Herzogs von Paliano, ein Fest zu Ehren des Kardinals gibt, ahnt er, wo Martuccia zu finden ist.

Eine Tafel beladen mit Essen. Eine fette Party. Menschen am Feiern. Tanzen. Stimmen. Musik und lautes Lachen. Wein fließt in Strömen. Neujahr 1559. Auch wenn Rom keine nennenswerte Militärmacht ist, bildet es den Mittelpunkt der Welt. Und auch wenn der fromme Papst es nicht gerne sieht: Feiern muss erlaubt sein. Muss ja nicht zusehen.

Lanfranchi – *Zoom auf Andrea Lanfranchi* – gibt Kardinal Carafa zu Ehren ein prächtiges Abendessen. Damit neben dem kulinarischen Wohl das leibliche – die Unzucht – nicht fehlt, hat er – *Zoom auf Martuccia* – die schönste, berühmteste und reichste Kurtisane Roms kommen lassen, zu deren Kunden die wichtigsten Männer Roms zählen. Doch heute hat sie nur Augen für Kardinal Carlo, den jüngsten der Carafa-Brüder. Hier beginnt es.

In der Mitte des Saals eine üppig beladene Tafel: Insalata di polpo e gamberetti all'olio e limone, antipasti siciliani. Ravioli d'anitra al rosmarino e borragine. Salmone ripieno in crosta. Patate fondenti. Carré di vitello glassato al vino bianco. Patate rosolate, piselli e cipolline stufate. Semifreddo pralinato con albicocche gratinata. Caffè decaffeinato e grappe. Kerzen, Salz, Obstteller, Blütendeko, Perlmuttmuscheln.

Viele aus dem Süden haben in letzter Zeit Karriere gemacht und bekleiden nun wichtige Posten. Und der alte Koch, der vor hundert Jahren das Dorf verlassen und sich längere Zeit in Kairo aufgehalten hatte, kocht immer noch. Roms *ospitalità* ist weltbekannt, und Lanfranchis Esstisch ein Beweis dafür.

t'was caviar to the Cardinal

(William Shakespeare, tweaked)

wasted on the unappreciative multitude

Heute lebe ich hundert Prozent besser als vor drei Jahren, sagt der Koch. Slaveship punk.
Meint, aus Dankbarkeit wende er sich dem Nächsten zu. Jedermann untertan für die Freiheit. Seine Haltung: Niemand dem anderen Diener und keiner sein eigener Herr. Im besten Sinne selbstvergessen.

Von wegen – der mutige Gast fühlt sich wie ein Forscher, der sich unter menschenfressende Stämme wagt.

An dieses Fest soll sich keiner erinnern, sagt Lanfranchi. Wer sich erinnern kann, war nicht dabei, lacht er.

Der, der da eben aufsteht, um zur Toilette zu gehen: Giovanni Carafa, der älteste der drei Carafa-Brüder und verheiratet mit Violante di Cardona aka Violante Diaz-Carlon d'Alife – *sie ist nicht im Bild … hier ist sie eingeblendet.* Von seinem Onkel, dem Papst, wie gesagt, eben erst zum Herzog von Paliano ernannt. Sein Herzogtum ist groß, besteht aus vielen Dörfern und einigen kleinen Städten. Marc Antonio Colonna noch bis vor Kurzem Herzog von Paliano – *auch er ist nicht im Bild* – wurde für Giovanni kurzerhand enteignet. Und bereits jetzt ist der neue Herzog bekannt für seine rauschenden Feste. Die jungen Leute der besten Familien Napolis und Roms – *Zoom auf feiernde Menschenmenge* – buhlen um die Ehre, eingeladen und in den Freundeskreis aufgenommen zu werden.

Sitzend Carlo Carafa, der jüngste der Brüder, Malteserritter und von seinem Onkel, dem Papst, zum Kardinallegaten von Bologna und Premierminister ernannt, ein typischer *Condottiere*: ehrgeizig, brutal, entschlossen und gewissenlos. Bedacht auf die Durchsetzung der eigenen Ziele, den Interessen der famiglia absolut treu. Kämpfte unter Alfonso d'Avalos in der Lombardei und im Piemont sowie unter Herzog von Parma Ottavio Farnese in Flandern und Deutschland. Er quittierte enttäuscht die kaiserlich-spanischen Dienste, danach kämpfte er unter Piero Strozzi auf französischer Seite. In seiner Zeit als Soldat begeht Carlo mehrere Rechtsbrüche und Verbrechen. Aus Neapel wurde er 1545 wegen Raubes und Mordes ausgewiesen. Man sagt, er habe in einem Spital verwundete spanische Soldaten ermordet.

Schnee von gestern: Der Papstonkel weiß um Carlos Vergangenheit, erteilte ihm bei der Kardinalserhebung für all seine Verbrechen – genannt wurden Raub, Sakrileg, Diebstahl und Mord – ausdrücklich die Absolution.

Und hier drüben, er lässt sich eben Wein nachschenken – *Zoom auf* Antonio Carafa –, der mittlere der Brüder, von seinem Onkel zum Marchese von Montebello ernannt. Eine seiner Töchter aus zweiter Ehe wird auf Vermittlung des Papstonkels mit Francois II., dem Dauphin Frankreichs, vermählt. Dazu wollte ihr der Großonkel noch als Mitgift das Königreich Neapel schenken, das er Philipp II., König von Spanien und Sizilien und Neapel, hätte abnehmen müssen.

Im Vordergrund *la festa*, im Hintergrund eine böse Vorahnung:

Giovanni, der Herzog und zugleich General der Truppen der heiligen Kirche, und Antonio, der jüngste Marchese und Hauptmann der Palastwache, lassen, wie gesagt, nur Personen zu, die genehm sind. Das Volk ist nicht blöd. Der neue Papst hat sich den so mächtigen erhabenen Herrscher von Spanien zu einem Vasallen gemacht. Spielt sich selbst als Beispiel höchster Tugend auf. Bemüht, die grassierende Korruption und den Missbrauch in der Kirche abzustellen. Um so das allgemeine Konzil abzuwenden, das man vom römischen Hof von allen Seiten verlangt.

Als erster Minister regiert Kardinal Carlo nach dem Willen seines Onkels, bestärkt ihn in seiner anti-spanischen Haltung. Wagt es, dem mächtigsten König der Welt, Philipp II., König von Spanien und beider Indien, die Feindschaft zu erklären. (Die Carafas hassen Philipp II. von Spanien.) Die Menschen sind nicht blöd. Nirgends, nirgendwo und zu keiner Zeit. Das Volk – #schreckensherrschaft – leidet.

Zu Mitternacht ist das Fest in vollem Gange: Ausgelassen, dionysisch-dekadent, rauschend. Der Kardinal, der heute Abend so ganz ohne scharlachrotes Ornat

– das ihn daran erinnern soll, immer für den Glauben einzutreten und wenn es bedeute, sein Blut zu vergießen, *usque ad effusionem sanguinis* –

so gar nicht wie ein Kardinal aussieht, deutet Martuccia, sie solle sich auf seinen Schoß setzen.
Sie lächelt, *aber wie!* und setzt sich auf seinen Schoß.
Was für ein Blick.
Was für ein Lächeln!
Erinnert an antike Tempelprostitution.

Draußen klopft Marcello, begleitet von mehreren bewaffneten Männern, an die Tür. In der Stadt regiert die Gewalt. Diebstahl, Raub und Mord ordnen den Tag. Da wagt sich kaum jemand, egal welchen Standes oder Geschlechts, unbewaffnet auf die Straße. Und wer es sich leisten kann, lässt sich von bewaffneten Männern begleiten. Wer weiß, wozu's gut ist.
Marcello und seine Männer werden eingelassen, Lanfranchi begrüßt Marcello freundlich, fordert ihn auf, sich zu setzen

und mitzufeiern. Nach einem eher kühlen Wortwechsel entdeckt Marcello Martuccia, die auf dem Schoß des Kardinals sitzt.

Marcello winkt ihr, deutet ihr, aufzustehen. Martuccia zögert, der Kardinal hält sie fest. Sie ahnt, was kommen wird. Marcello geht auf die beiden zu, greift nach Martuccias freier Hand und versucht, sie mitzuziehen. Der Kardinal, zu dessen Ehren Martuccia bestellt wurde

– *I grab them by the p***y. I grab her by the p***y. They like it.* – *Il cardinale grabs everything. On a daily basis.* Pussy, Penis, die Antenne des Herzens, des Menschen Glück und G*ttes Lustspender / Gerechtigkeit –

schiebt Martuccia von seinem Schoß und steht auf, hindert sie jedoch am Fortgehen. Monica Kurzel-Runtscheiner hat die Prozessakte eingesehen. Interessant, dass in der Akte andere Namen angeführt sind: Kardinal Carafa heißt Kardinal del Monte bzw. Kardinal Pio de'Carpi. Der Bruder von de'Carpi heißt Giovanni Ludovico. Bloß Martuccia ist Martuccia. Doch soll sie laut Akte sowohl ein Verhältnis mit Giovanni Ludovico als auch mit dem Kardinal de'Carpi gehabt haben. Marcello heißt nicht Marcello Capecce, sondern Giovanni Capezza und wird wie auch bei Stendhal als Verwandter der Carafa angeführt.

Marcello sagt etwas. Das Fest ist in vollem Gange. Man kann ihn nicht hören. Marcello sieht sehr zornig aus. Und der Kardinal, so aus der Ferne gesehen, übertreibt es wohl ein bisschen.

Si da delle arie, der italienische Padre, so viel ist klar.

Darsi delle arie. Sich aufspielen.
Es sieht so aus, als ob der Kardinal darauf besteht, dass Martuccia bei ihm bleibt.

Nun, ein ungeschriebenes Gesetz besagt, dass stets derjenige Vorrang hat, dem sich die Kurtisane zuerst verpflichtet. Rivalen werden akzeptiert, solange sie der gleichen Gesellschaftsschicht angehören.

Marcello versucht nun, Martuccia mit Gewalt mit sich zu ziehen. Kardinal Carlo hält sie fest. Sie zerren und zerren. Die arme Martuccia, was für ein Herumgezerre! Rundherum das Fest geht weiter, und alle sind ziemlich sternhagelvoll. Kriegen rein gar nichts mit.

Und wenn schon, so 'ne Auseinandersetzung gehört dazu. Bis Martuccia plötzlich entsetzt aufschreit. Weil der Kardinal, der nicht wie einer aussieht, den Degen zieht.

In der einen Hand Martuccias Arm, in der anderen der Degen. Klar ist, der Kardinal will mit all seiner Kraft und Kühnheit, für die er bekannt ist (Mörder & Killer!), verhindern, dass Martuccia geht. Jemand, der in Spitälern Verwundete ermordet, weiß, wie's geht.

Try as you might, you can never break free from your past.
(Christoph Waltz)

Marcello ruft nach seinen Leuten, in der Mehrzahl Neapolitaner. Sie ziehen ihre Schwerter, stürmen in den Saal. Erst als sie Lanfranchi, immerhin Sekretär des Herzogs, und dann den ungewohnt gekleideten Kardinal erkennen, stecken sie ihre Schwerter wieder ein. So *pronto.* Flinkest. Jedes Kind weiß: Mit den Carafas legt man sich nicht an. Schon gar nicht mit dem Kardinal. Erst recht nicht wegen einer *cortigiana.* Der Kardinal ist der Boss. Der Boss hat immer recht.

Ha ha, war doch alles nicht so gemeint. Scherz. Scherz beiseite. Manchmal darf man absehen von den großen Tragödien. Abgesehen davon gibt es den Ausdruck *tolgo il disturbo*, eine Wendung außerordentlicher Höflichkeit, mit der sich ein Eindringling aus einer erlesenen Gesellschaft zurückziehen mag, indem er sich, nachdem er aufsteht, beim Gastgeber für die Störung entschuldigt und wünscht, sie möge nicht geschehen sein.

Martuccia, die nun von Marcello an der linken Hand gehalten wird, gelingt es, seinem Griff zu entschlüpfen. Und während sie aus dem Saal läuft, über die Treppe, stürzt sie und lässt uns mit dem seltsamen Bild ihrer Beine in der Luft zurück, kurz bevor sie unsichtbar wird. Als Marcello ihre Abwesenheit bemerkt, läuft er ihr nach und seine Leute folgen ihm. Was für eine Party.

Wide Medium Close up Medium Close up Over the Shoulder Insert

War es der Kardinal, der auf Martuccia bestand? War es Lanfranchi, der sie bestellte und auf Martuccia bestand, obwohl sie an dem Abend bereits einem anderen versprochen war? War es Marcello Capecce aka Giovanni Capezza, der auf sein Recht der Erstbuchung pochte? Oder Martuccia, die keine Möglichkeit fand, Marcello aka Giovanni zu benachrichtigen? Oder gar, den Kardinal abzulehnen?

Schuld hat, wer Schuld sucht. Und findet.
Die persönliche Fürbitte inklusive persönlicher Fürwörter: Seine Schuld, seine Schuld, ihre Schuld, unsere Schul', meine Schuld, meine Schuld, meine größte Schuld. Darum lasset uns beten / flehen zu der seeligen, allzeit unbefleckten Jungfrau Maria, dem seeligen Erzengel Michael, dem seeligen Johannes, dem Täufer, den heiligen Aposteln Petrus und Paulus, allen Heiligen und euch, bittet für uns, bittet für sie.

We solved our problems with bigger problems.

(OK Go)

Nein, zum Kampf kam es nicht, weil auch Marcello ein Verhältnis mit Martuccia, der Geliebten des Kardinals hatte. Sondern weil der Kardinal, also der Höhergestellte, die »Exklusivrechte«, die der andere, Marcello aka Giovanni, zuvor für diesen Abend erkauft hatte, nicht respektierte. Hätte sich Marcello zufrieden gegeben, wäre alles anders gekommen.

Fare bella figura. – Die Welt für sich und alle, mit denen man in Berührung kommt, zu einem besseren Ort machen.
La faccia, das Gesicht. Salvare la faccia. – Das Gesicht wahren.

Es gibt da einen Kinderreim.
Ja?

Era una zanzara in abito da sera, se l'era messo per far bella figura e se ne volava intorno a una culla, una culla bella con un fiocco rosa.

Es war eine Mücke im Abendkleid, sie hatte es angezogen, um guten Eindruck zu machen
sie flog ständig um eine Wiege herum, eine hübsche Wiege mit einer rosa Schleife.

Aus der Mücke einen Elefanten machen. Fare di una mosca un elefante. Girare un granello di sabbia. Farne un affare di stato. Faire une montagne d'un rien. Une tempête dans un verre d'eau. Prendre l'eau et

Vista con granello di sabbia. Poesie (1957-1993).
(Wisława Szymborska, a cura di Pietro Marchesani)

#es_wird_ etwaskompliziertaberwirschaffendas

Nicht anwesend bei dem Fest: Herzogin Violante, *Zoom auf Violante Diaz-Garlon*, die, wie man sieht, zu Hause in ihrem Palazzo weilt und mit ihrer Vertrauten und besten Freundin Diana, *Zoom auf Diana Brancaccio, deren rötliches Haar durch die untergehende Sonne golden schimmert* – eine Partie Backgammon spielt. Diana, eine nahe Verwandte von Violantes Schwägerin, der Marchesa von Montebello, ist dreißig Jahre alt und kennt alle Geheimnisse der sonst so diskreten und stolzen Violante. Sie singt leidenschaftlich gerne.

Ach ja? Das im Salon neulich war *sie*?

Yep.

How long do I warm up? How do I work on my voice? What do I sing first?

Always start with breathing and physical stretches. There's no way around this! A warmed up body and good breath support is crucial! Note that warming up your voice is like stretching a muscle. If you do a little each day it's way more productive than not warming up for days and then trying to do a backflip. Sing something challenging.

DON'T be hard on yourself. DON'T over-sing, warm-ups are intended to maintain the juices or to get them flowing. DON'T burn-up – warm-up! The word »warm« says it all. It doesn't need to burn red hot.

Zum Hof von Paliano gehören – neben Marcello Capecce – zwei weitere Verwandte der Herzogin Diaz-Cardona aka Diaz-Garlon: Violantes Bruder Ferrante – *Zoom auf Ferrante Diaz Carlon, Graf d'Alife* – und *Zoom auf* Leonardo di Cardona, ein weiterer Cousin. Beide brachte das große Glück ihres Schwagers nach Rom.

#roma1559

Roma, 1559, *caput mundi*, Weltstadt mit über hunderttausend Einwohner/inne/n, Regierungssitz des Papstes und Verwaltungszentrale der römisch-katholischen Kirche, eine Stadt mit Kultur und beträchtlichem Männerüberschuss.

Michelangelo und Raffael sind da, Bramante, der Dombaumeister, Palestrina, der Komponist, Sänger und Kapellmeister. Michel de Montaigne aka Michel Eyquem, Seigneur de Montaigne. Mit den Ehen ist es wie mit den Vogelbauern; die Vögel, die nicht darin sind, wollen mit aller Gewalt hinein, und die, welche darin sind, wieder heraus. Nichts wird so fest geglaubt, wie das, was am wenigsten bekannt ist. Jeder redet mal Unsinn. Ein Unglück ist nur, es dauernd zu tun. Möge G*tt mich vor mir selbst beschützen. Der Publizist Pietro Aretino, die »Geißel der Fürsten« und immer mal wieder Niccolò Machiavelli, der Staatstheoretiker. Giordano Bruno, Priester, Dichter, Philosoph und Astronom.

Paris ist im Vergleich eine Stadt freundlicher Barbaren.
Und darüber hinaus ohne Papst, Zitronenbäume und Palmen.

Every city has a sex and an age which have nothing to do with demography. Rome is feminine. So is Odessa. London is a teenager, an urchin, and, in this, hasn't changed since the time of Dickens. Paris, I believe, is a man in his twenties in love with an older woman.

(John Berger)

What would Berlin be? Berlin would be craving for freedom not money. Cairo? Lagos? Shanghai? Istanbul? Casablanca? Khartoum? São Paulo? Vienna would be a chubby shabby-chic cat, convinced of being a lion or dog.

Es ist noch früh, der geistig-kulturelle Aufbruch der Renaissance und des Humanismus, die Entdeckungsfahrten der Portugiesen und Spanier, die das Bild von der Erde für immer verändern und die Reformation, die ab 1517 die mittelalterliche Einheit der (West-)Kirche zerstört, markieren eine Zäsur. Der Nachweis, dass sich die Erde um die Sonne dreht. (chapeau Galileo Galilei & Nikolaus Kopernikus). Die Entdeckung des Uterus. Die Neuzeit hat begonnen.

Jeder Kardinal, jeder römische Fürst unterhält einen prächtigen Hof. König Philipp II. von Spanien, der für seine Vorhaben die Stimmen zweier Kardinäle braucht, bezahlt jedem jeweils ein ansehnliches Gehalt von zweihunderttausend Livres in geistlichen Pfründen. Und auch wenn Spanien und alles Spanische verhasst ist, weil der Kirchenstaat im Clinch mit Spanien liegt, herrscht die strengste spanische Etikette am Hof des Herzogs von Paliano.

Die bzw. das Livre, französisch Pfund, lateinisch libra. Französische Silberwährung. Als Rechen- und Wertbasis vom neunten bis ins achtzehnte Jahrhundert in Gebrauch.

Warum die Carafas Spanien nicht mögen?
In Paul IV. Seele haftete tief nicht bloß die Erinnerung an die einstige Unabhängigkeit und ausgedehnte Machtfülle des Heiligen Stuhls. Sondern auch das Andenken an den Glanz Italiens, von dem er in seiner frühesten Jugend den tiefsten Eindruck empfunden

hatte. Er verglich dieses Italien der Vergangenheit mit einem rein gestimmten Instrument, dessen vier Saiten der Kirchenstaat, Neapel, Mailand und Venedig waren. Er verwünschte das Andenken von Alfonso von Aragonien und Ludovico Moro, durch deren Entzweiung diese Harmonie gebrochen wurde.

Die Herrschaft der Spanier auf der Appenninischen Halbinsel, das Joch, das sie seiner geliebten neapolitanischen Heimat auferlegt, der schwere Druck, den sie auf den Heiligen Stuhl ausübten, erschienen ihm umso unerträglicher, weil er von der katholischen Gesinnung Karl V. die schlechteste Meinung hegte. Navagero berichtet hiervon wiederholt.

Bereits als Kardinal hatte er mit steigendem Ingrimm die vielfachen Eingriffe dieses Monarchen in das innerkirchliche Gebiet beobachtet, bereits damals war es Gian Pieto Carafa (dann Paul IV.) zur fixen Idee geworden, dass der Inhaber der kaiserlichen Gewalt im Geheimen die deutschen Protestanten begünstige, um die weltliche Macht des Heiligen Stuhles zu vernichten und so allein in Italien zu herrschen. Unauslöschlich war ihm die Erinnerung an die grauenvolle Plünderung, die Rom, die Hauptstadt der Christenheit, durch die Truppen des Kaisers hatte erdulden müssen. Nicht vergessen konnte er den Versuch dieses Herrschers, ohne die Zustimmung des Heiligen Stuhles eigenmächtig eine Interimsreligion in Deutschland durchzusetzen. Deshalb hatte er als Neapolitaner und Italiener und vor allem als Katholik diesen Monarchen verabscheut, bekämpft und mit steigendem Ingrimm die Nachgiebigkeit Julius II. gegen die Kaiserlichen beobachtet.
Im Besitz der höchsten Gewalt machte Paul IV. sogleich aus seiner Abneigung gegen die Spanier und seiner Vorliebe für Frankreich, dessen König seine Wahl beförderte, kein Hehl. Der Gedanke, der

Übermacht der Spanier in Italien entgegenzutreten, drängte sich ihm umso mehr auf, als die politische Lage hierfür günstig schien.

Der stolze Monarch, in dessen Reich die Sonne nicht unterging, empfand angesichts der Bedrängnis seiner Herrschaft in Deutschland und den Niederlanden und seiner keineswegs sicheren Stellung in Italien das Scheitern seiner weit schauenden Pläne um so tiefer, je mehr körperliche Gebrechlichkeit auf ihm lastete. Unter solchen Umständen war es sehr verlockend, den Moment zu nutzen, um Italien und das Papsttum vom Druck der spanischen Macht zu befreien. Man erlebte das seltsame Schauspiel, dass ein Mann, der sich bislang fast ausschließlich mit der Reform der Geistlichen, der Bekämpfung der Irrlehren und mit Werken der christlichen Nächstenliebe beschäftigt hatte, mit dem ganzen Ungestüm seiner feurigen Natur in die Weltpolitik und einen großen Krieg stürzte. Jeder andere würde vor dem Wagnis eines Kampfes mit dem Koloss der spanischen Macht zurückgeschreckt sein. Nicht so Paul IV.
Er, der nie in seinem Leben Furcht gekannt, war jetzt als Papst von doppelter Zuversicht erfüllt und überzeugt, dass Gott ihm, wie er dies in seinem Wahlspruch zum Ausdruck brachte, beistehen werde. Du wirst über Schlangen wandeln, Löwen und Drachen wirst du zertreten.

(Navagero bei Ludwig von Pastor)

Die Heerschar der Kurie muss von Amts wegen zölibatär leben. Die Diplomaten und Botschafter lassen ihre Frauen zu Hause. Die Abenteurer und Kaufleute machen sich allein auf den Weg nach Rom in die Hauptstadt der Christen und Welthauptstadt der Huren.

Le cortigiane verdanken ihre Existenz den Marktgesetzen. Bilden den Flor, ohne den jede Geselligkeit vergilbt.

Weil auch Kirchenfürsten Hof halten, werden Roms Huren zu Hofdamen. Um mithalten zu können, lesen sie Bücher, konversieren mondän und musizieren auf Wunsch im Boudoir …

Spielen Sie mal Hofdame. Hetäre.

Ein Dienstbote verdient im Schnitt einen Scudo im Monat. Kurtisanen bieten eine Nacht für zwei Scudi, vier Scudi, sogar zehn Scudi an. Es gibt Monats-Abos mit geregelter Besuchszeit, die etwas günstiger ausfallen. Monica Kurzel-Runtscheiner bietet zeitgenössische Vergleiche.

Da gibt es eine Caterina Sicula. Die kostet »zehn Scudi im Monat und goldene Ketten«. Ein Monsignore Ciccolini zahlt der *cortigiana* Lavinia Romana für zwei Audienzen pro Woche zehn Scudi.

Verglichen mit den meisten Römerinnen und Römern, die in Armut leben, kommen erfolreiche Kurtisanen auf Monatsverdienste in himmlischen Dimensionen. Ernähren ganze Familien. An die zehn Prozent der Bevölkerung leben, direkt oder indirekt, vom Hofdamentum. Der Kirchenstaat bittet sie bald steuermäßig zur Kasse. Also entwickeln sie unternehmerische Strategien, verleihen Geld auf Zinsen, investieren in Immobilien, knüpfen Bankverbindungen, werden zu einem wichtigen Wirtschaftsfaktor. Aus Roma, *caput mundi, dem Haupt der Welt,* wird bald *Roma, cauda mundi, der Schwanz der Welt.*

In der Rennaissance ist alles Antike *super in*. Und etwas vom Glanz der griechischen Hetäre, der gebildeten und bezahlten »Gefährtinnen«, färbt auf *le cortigiane* wie auf deren Freier ab.

Zu Beginn reden sie über G*tt und die Welt, den Himmel und die alten Griechen. Ob die denn überhaupt in der Lage gewesen wären, blau zu sehen. Die Perzeption der Farbe Blau. Der biblische Saphir. Ein Glanzlicht. Über einem südlichen Wüstenhimmel. Apropos Südhimmel, ob das Kreuz des Südens in der Antike auch von Europa aus sichtbar war? Nur Südeuropa. Von Kreta aus am 01.11.500 vor Christus, 6:30 UTC über dem Horizont.

Kreta ist toll.

Bei Homer sah das Meer aus wie Wein. Und Ochsen sahen auch aus wie Wein, mit dem altgriechischen Blau als der Ableitung des Dunkel. Maimonides redet ja von der Weißheit des Saphirs, aber vielleicht ist der biblische Saphir doch bloß ein dunkler Lapislazuli, was bedeuten würde, dass auch das Blau der Bibel wie das altgriechische Blau eine Ableitung des Dunkeln ist.

Ach ja?

Ja. Schwarz und Weiß kommen als erstes, dann Rot, dann Gelb, dann Grün und schließlich Blau. Obwohl manchmal auch grün vor gelb kommt. Rot ist ziemlich sicher die erste Farbe, weil Blut. Und eine der am einfachsten herzustellenden. Blau ist schwer herzustellen. Vielleicht waren sie auch farbenblind. Keine der alten Sprachen hatte ein eigenes Wort für blau.

Komm schon, klar konnten die auch alle möglichen Blautöne sehen.

Doch hatten sie kein Wort dafür.

Was heute blau genannt wird, haben sie als schwarz und grün beschrieben. Nicht mal der Himmel ist blau.
Es gibt ihn so auch nicht.
Alles, wofür es ein Wort gibt, gibt es.

wenn ich die augen schließe, wird es blau.
(Konrad Bayer)

Willst du mit mir gehen? Ergibt sich aus dem Zusammenhang.
Im Lateinischen gibt es kein Wort für ja oder nein.
Immo. Doch.
(Kopfschüttel).
Non est ist im Grunde nur eine Verneinung eines Verbs.
(Kopfnick).
Sic, so ist es.

martuccia

Martuccia trägt ihren Mantel der Liebe. Darunter ist sie nackt. So beginnt ihre Zeit in Rom. Umhüllt von Seide, unterfüttert mit dem Fell von weißen Füchsen. In den Boudoirs der Stadt. Sie steht immer etwas abseits der Tür, sodass man sie gut sehen kann. Betritt jemand das Boudoir, lässt sie die Hand, die eben noch den Mantel zusammenhält, sinken und gibt so den Blick frei auf ihren nun luftbekleideten Körper. So sieht der Kardinal sie zum ersten Mal.

You make me feel mighty real.

(Sylvester)

#RedefiningRealness

Martuccia kennt viele Stellungen, sie hat sie gezählt. Achtundsechzig. Ihre Freundinnen und sie haben ihnen Namen gegeben. Die Männer, die sie bedienen, tragen mal Kardinalshut, mal die Würde eines Bischofs. Kirche mit Glockenturm, Argument von vorn, Spazierstock, mit den Füßen musizieren, der Vogel Kranich. Der Hirsch. Im Lateinischen gibt es auch kein Wort für wildern. Da der römische Adel kein Verbot ausgesprochen hat, wird auch nicht gewildert. Kein Verbot, keine Übertretung, kein Thema. Die Kardinalsstellung, Martuccia lacht, geht so: Möglichst viele liegen mit ausgestreckten Armen und erigiertem Glied zwischen Steinfliesen. Kann man sich wie eine Fliegerformation über Dünkirchen vorstellen. Und einer beträufelt alle mit seinem Samen. Sie sei eine Heilige, sagte der Kardinal nach ihrem letzten Treffen. Eine heilige Hure.

Agnus Dei hören. Und Lampchop, Flotus. Harry Mathews lesen, *Die Lust an sich* beispielsweise.

First night. Owl! How many nights your deathwatch cires have made me flinch in the shadows of the night. Sad and lonely, like you I wandered alone, in darkness, in ths vast city. The glow of the street lamps is not able to destroy the shadows; on the contrary, they become more prominent: this is the chiaroscuro of painters! I wandered alone in order to know humankind. … So many things to see, when all eyes are closed.

(Restif de la Bretonne)

Der Goldrausch lockt Frauen aus ganz Europa nach Rom. Sie haben die Wahl zwischen Kloster und Ehe, für beides braucht man eine Mitgift und Rom wird zum Refugium, ein Weg in die Unabhängigkeit. Sie ernähren ihre Familien, genießen Privilegien, erfreuen sich allgemeinen Ansehens und können dem Alter finanziell abgesichert entgegengehen. Unter Umständen auch *eine respektable Ehe schließen*. Wenn sie davor nicht umgebracht werden oder von selbst sterben. Ihre Spuren finden sich vor allem in Gerichtsakten, *es sind harte Go-West-Geschichten. (Der Spiegel)* Mütter und erfahrene Kurtisanen dressieren den Nachwuchs. Jungfernschaft verkauft sich prächtig und mehrfach.

Maria Fasarga bricht mit fünfzehn Jahren von Spanien nach Rom auf. Ambrosina de Pironibus ist mit sechzehn Jahren die Geliebte des Erzbischofs von Nicosia und Mutter eines Kindes. Imperia Dognati, *la Divina*, die Kaiserin der

Kurtisanen, bekommt mit siebzehn Jahren ihr erstes Kind, zieht – fancy from now on – als prägende Vertreterin des Lebensstils einer Kurtisane die Elite Roms in ihren Bann. Zu Imperias Freunden zählt Raffael, dem sie mehrfach Modell steht. Seine *Sappho* im Vatikanischen Palast trägt ihre Züge, ebenso die linke der Sibyllen in der Capella Chigi in *Santa Maria della Pace.* Der Dichter Matteo Bandello porträtiert Imperia in einer Novelle. Agostino Chigi, der Bankier, finanziert ihren aufwändigen Lebensstil und – als sie sich mit einunddreißig Jahren selbst tötet – ein prunkvolles Begräbnis sowie das Grabmonument in der Kirche *Santi Andrea e Gregorio al Monte Celio* (nicht erhalten).

Man sagt, Rom sei zweimal von den Göttern beschenkt worden: Mars habe ihnen das Imperium Romanum gegeben, Venus die Imperia.

(Antonius Lux)

Man sagt, Männer kommen von der Venus, Frauen vom Mars. Und alle zusammen: Demigirl/boy polygender vom Merkur, Jupiter, Saturn, genderfluid auf Uranus, Neptun, Pluto usw. Planet neun, *non-binary, baby, sorry, out of gender.*

Mit der Zeit spaltet sich der Glaube, schon ganz verpixelt. Renaissance und Humanismus, die Wiederentdeckung der Antike. Ein neues Menschenbild verbreitet sich. In Europa: Das des selbstbestimmten Individuums und seiner Fähigkeiten. Italien verdankt seine Vorreiterrolle in Sachen Philosophie, Literatur, Malerei, Bildhauerei, Baukunst etc. nicht zuletzt der Aufnahme einer großen Zahl griechischer Gelehrter aus Konstantinopel, das 1453 von den Osmanen erobert worden war. Sie bringen längst verschollen geglaubtes Wissen mit ins Abendland. Im fünfzehnten Jahrhundert blüht Florenz. Zu Beginn des sechzehnten Jahrhunderts ganz Europa. Gutenbergs Entwicklung des Buchdrucks, der Seeweg nach Indien, die Entdeckung des Uterus, die neue Lehre von der Zweigeschlechtlichkeit (Thomas Laqueur), die das Modell der Eingeschlechtlichkeit ablöst.

Wir leben in einer Zeit der Glaubenskriege.
(Feridun Zaimoglu)

Wiederhole: Die Kurtisanen sind ein wichtiger Wirtschaftsfaktor. Sie werden gewaltsam zum Gewerbe gedrängt. Martin Luthers Thesen werden an Bischöfe und Freunde verschickt. Man weiß nicht mehr, was man glauben soll. Der Aufklärung schon gar nicht. Du weißt nicht mehr, was du glauben sollst. Kannst nicht mehr sagen, wo links und rechts ist.

Keine Wörter für *links* und *rechts* kennt zum Beispiel Guugu Yimithirr, eine indigene Sprache, aus ihr stammt das Wort *kangaroo*. Alle Richtungsangaben beziehen sich auf die Position des Sprechers je nach Himmelsrichtung. Experimente zeigen, dass Menschen, die Guugu Yimithirr sprechen, einen untrüglichen Orientierungssinn haben. Egal, welche Sichtbedingungen, egal, ob sie sich bewegen oder still stehen: Sie wissen immer, wo Norden ist.

Die Orientierungslosigkeit in den Blick nehmen. Von wegen geistige Erhellung des menschlichen Verstandes. Das ist nur die halbe Wahrheit, sagt Karoline Feyertag.

Olympe de Gouges und dass sich die allgemeine Deklaration der Bürger- und Menschenrechte nur an den männlichen Bürger richtet, das war mit mein Einstieg in Aufklärung und Feminismus. Immer wieder komme ich auf sie. Die ist einfach exekutiert worden. Sehr empfehlenswert auch: »L'histoire des femmes en Occident« von Georges Duby, Michelle Perrot, die haben ein fünfbändiges Werk zur Geschichte der Frauen im Westen verfasst, vom alten Griechenland bis heute, also in die 1990er-Jahre, bisschen wie Ginzburgs Mikrogeschichte.

Ich habe mir den Diskurs über die Frauen angesehen, eine Arbeit hieß »Die Frau der Uterus, die Leber und der Mann«. Es ging mir um die Festlegung der Frau auf den Uterus, nachdem man den entdeckt hatte. Dass es so etwas wie Uteri gibt. Der Uterus als das wilde Tier, das die Frau beherrscht, die selbst keine Verantwortung trägt, weil sie das Opfer ihrer Geschlechtsorgane sei. Die sind vor den ersten anatomischen Sektionen in der Renaissance nur den Hebammen bekannt, Ärzte stützen sich auf Galens Theorie der Vier-Säfte-Lehre und auf die Vorstellung eines einzigen, mehr oder weniger entwickelten Geschlechts, nämlich des Penis. Mit der wissenschaftlichen Entdeckung des Uterus wird die Frau schlagartig zum ganz Anderen des Mannes. Ferrand ist interessant, erzählt von verschiedenen europäischen Landstrichen, wo die hitzigeren Gemüter daheim seien und wo die kühleren, die Klischees von Nord- und Südeuropa, das ist ein unglaubliches Sammelsurium an Anekdoten. Darunter ein Arzt, der seine Frau verlassen habe, auf Forschungsreise ging und, als er zurückkam, überrascht war zu sehen, dass seiner Frau ein Bart gewachsen war.

Zur erhellenden Aufklärung dieses wissenschaftspolitischen Hintergrunds: Europas Männer geraten zu Beginn der Aufklärung in die Defensive. In der Zeit der Renaissance bahnt sich nicht nur der Ausschluss der Frauen aus Wissenschaft und Politik an, sondern auch die Konstitution des modernen Europas: geprägt von Kolonialismus, Gegenreformation und Kreuzzügen.

Demnach besteht die Erfahrung der Aufklärung in der Schöpfung einer Identität, die sich nur im Kampf gegen andere Identitäten behauptet. Europa und Männer, Vernunft und Menschenrechte könne es nur unter der Bedingung geben, dass anderswo Unvernunft, Grausamkeiten und »Weiberwirtschaft« walten. Ein derart aggressives Bedürfnis nach Selbstbehauptung und Vormachtstellung kann jedoch nur entstehen, wenn sich diese vermeintliche Vormacht schwach und bedroht fühlt.

(Karoline Feyertag)

Bedrohte Männlichkeit. Wa' da nicht was? Wer hat Angst vorm weißen Mann?

ICH ICH! ICH ICH!!

(Graffiti, Wien Mitte, S-Bahn Richtung Praterstern)

Kultur beeinflusst Körper und Gene.

(Sigrid Schmitz via Synne Genzmer)

Die Welt taumelt nicht. Die Rückkehr zu klaren und eindeutigen Oppositionen zwischen Geschlechtern, Rassen und Klassen ist kein Ausweg. Taumel und Orientierungslosigkeit sind konstitutive Bestandteile der conditio humana, und der Logos der Aufklärung ein Mythos.

Ich weiß nicht, warum alle so ein Problem mit Orientierungslosigkeit haben.

In Wien sagen sie zu den Tauben neuerdings Himmelshuren. Und Fluggadse.

Gaze.

The Split between the Eye and the Gaze.

(Jacques Lacan)

Du kennst dich nicht aus, sagt Sofie. Gadse von Katze.

Ich sag' ja …

#vonohrzuohr

2. Jänner
Das Fest ist vorbei und durchs Dunkel der Nacht wandern die seltsamsten Gerüchte. Und am Morgen des zweiten Januar ist Rom voll von Berichten über den gefährlichen Kampf, der zwischen dem Kardinal und Marcello Capecce stattgefunden hat.

Sai cos'è successo?
Haste gehört?
Eine Schlägerei zwischen Carafa und Capecce.
De Carpi und Capezza.
Nein!
Übelst.
Beide tot.
Ach.
Einer tot.
Cos'è successo?
Ma come mai?
E sai perché.
Carafa lebt. Ich habe ihn gestern gesehen.

Der Herzog von Paliano, kommandierender General der päpstlichen Armee, hält die Sache für weit schlimmer als sie wirklich ist und lässt noch in derselben Nacht Lanfranchi verhaften. Und früh am nächsten Morgen wird auch Marcello festgenommen.

Marcello, der absolute Liebling des Herzogs und schönste Mann der Welt. Liebt das Leben und das Leben liebt ihn. Er mag Martuccia. Sieht alles nicht so eng. Auch wenn er still, heimlich und unglücklich in Violante verliebt ist.

Das Festessen zu Ehren von Kardinal del Monte und Giovanni Ludovico, dem Bruder des Kardinals Pio de' Carpi oder Kardinal Carafa, oder wie auch immer. Sie sollten bei Ludwig von Pastor nachschlagen, in der Geschichte der Päpste seit dem Anfang des Mittelalters, Bd. 1-16. Papst Paul IV. / Pius IV., was ich mich erinnere, in Band sieben, da steht alles ganz genau drin.

(Monica Kurzel-Runtscheiner)

In den Akten liest es sich folgendermaßen: Die berühmte Martuccia hatte angeblich mit einem gewissen Giovanni Ludovico ein Verhältnis. Zu fortgeschrittener Stunde, sagt man, soll ein gewisser Giovanni Capezza, ein Verwandter der Carafas und ebenfalls Kunde Martuccias, mit großem Gefolge bei der Party aufgetaucht sein. Verärgert, weil er angeblich davor bei einer anderen Kurtisane keinen Einlass gefunden hatte, begann dieser »Martuccia zu streicheln und zu küssen und wollte sie schließlich mit sich fortführen.« Fußnote 56.

Irgendwas stimmt da nicht, die Namen beispielsweise.

Daraufhin habe Giovanni Ludovico ihn daran erinnert, dass es einem Ehrenmann nicht zustünde, derartige Dinge zu tun, nämlich eine Frau zu verführen, die mit einem anderen gekommen sei. Fußnote 57. Der darauffolgende Wortwechsel soll zu einem Handgemenge geführt haben, an dem sich auch der Kardinal beteiligte und in dessen Verlauf einer der Diener verletzt wurde.

So vielleicht die beschönigte Version fürs Gericht.

Capezza aka Capecce, der eindeutig gegen die Regeln der römischen Gesellschaft verstoßen hat und dem Kardinal seinen Nachtisch verleidet hatte, wandert dafür für einige Tage ins Gefängnis. Der Kardinal, der eindeutig gegen *»la legge« cortigiana* verstoßen hatte, wurde am darauffolgenden Tag freigelassen bzw. gar nicht erst eingesperrt.
Nicht, dass auch er ein Verhältnis mit der Geliebten Pio de Carpis oder der Geliebten Kardinal Carafas hatte, war sein Fehler gewesen, sondern dass er die *Exklusivrechte*, die der andere für diesen Abend erkauft hatte, nicht respektierte. Auch in weniger vornehmen Milieus konnte es aus derartigen Gründen zu blutigen Konflikten kommen.

Da erst wird klar, dass niemand das Leben verloren hat und dass diese Festnahmen nur den Skandal vergrößern, der nun vor allem auf den Kardinal zurückfällt.

(Stendhal)

Man beeilt sich, die beiden Gefangenen wieder frei zu lassen und die drei Carafa-Brüder bemühen sich, die Angelegenheit herunterzuspielen. Erst denken sie, es würde ihnen glücken.

Carafa-Gate slash Martuccia-Gate.

Doch am dritten Tag des neuen Jahres kommt die Geschichte mit der Martuccia-Sache dem Papst zu Ohren, das Fest vom 1. Jänner, dem Tag der Beschneidung des Herrn.
Er lässt unverzüglich seine beiden älteren Neffen zu sich rufen.

Als der Papst am fünften Januar die Kardinäle zur *Congregatio Sancti Officii* kommen lässt, spricht er gleich zu Beginn den Zwischenfall vom Neujahrstag an. Diese abscheuliche Sache! Ein Kardinal und eine Kurtisane, in aller Öffentlichkeit. Wie konnte er nur!!!
Und wie *sie* wagen konnten, ihn davon nicht in Kenntnis zu setzen!
Die Kardinäle schweigen und schauen zu Boden, auf die Tischplatte, durch die Wand, zum Kardinal, der gegenüber sitzt.

Ihr schweigt! Und doch rührt der Skandal an der erhabenen Würde, die Ihr bekleidet. Kardinal Carafa hat es gewagt, sich in der Öffentlichkeit in einem weltlichen Gewand und den nackten Degen in der Hand zu zeigen. Und zu welchem Zweck? Um sich an einer ehrlosen Kurtisane zu erfreuen!

Und wie sich alle an den Kurtisanen erfreuen.

Man kann sich vorstellen, wie totenstill es unter den Anwesenden ist. Vor ihnen steht ein alter Mann von achtzig Jahren, wütet gegen den Kardinal-Minister, seinen einst so geliebten Neffen, dem er bisher alle Freiheit gelassen hat. Der Zorn des Papstes wird noch durch den Gesandten des Großherzogs von Toskana genährt, der sich über eine neue Anmaßung des Kardinalkanzlers beklagt. Der unlängst noch so mächtige Kardinal hatte sich bei Seiner Heiligkeit für die gewohnte Arbeit gemeldet. Der »Papst« habe ihn vor aller Augen volle vier Stunden im Vorzimmer warten lassen und dann weggeschickt, ohne ihn zur Audienz zuzulassen.

Der Papst beruft alle Kardinäle mit Ausnahme Carlo Carafas zu einem Konsistorium in den Vatikan.

17. Januar

Alle sind sie nun hier und sehen ihm an, dass etwas Außergewöhnliches geschehen ist, sitzen reihum im Oval und warten darauf, was er nun gleich sagen wird. Und dann bricht der Papst in Tränen aus, sagt, er zögere nicht, etwas zu tun, das eine Art Buße sei. Listet in einer langen Rede die Verbrechen seiner Neffen auf, verurteilt ihr moralisches Verhalten, erwähnt jedoch mit keinem Wort ihre politische Tätigkeiten. Sagt, er rufe G*tt zum Zeugen an, dass er von dem schlechten Leben seiner Verwandten nichts geahnt habe. Und dass er betrogen worden sei. Nun aber wolle er aufräumen.

Als echter Neapolitaner ist Paul IV. für plötzliche Eindrücke sehr empfänglich, in seinen Entschließungen oft jäh und sprunghaft, in seinen Äußerungen nicht selten unklug und meist von unnötiger Schärfe und Schroffheit. Er schenkt sein Vertrauen ebenso leicht wie er es entzieht.

(Ludwig von Pastor, tweaked)

Der Papst verordnet, dass die drei Nepoten Rom innerhalb von zwölf Tagen verlassen müssen. Er enthebt sie all ihrer Ämter. *Kann vor lauter Wut und Enttäuschung kaum reden (Ludwig von Pastor).* Kardinal Carafa bleibt nur die Kardinalswürde. Er verliert nicht nur die Legation von Bologna, sondern auch seine Stellung als Leiter der politischen

Geschäfte des Heiligen Stuhls und des Kirchenstaates. Dem Herzog von Paliano wird das Generalkapitanat der Kirche und der Befehl über das Kriegsvolk und die Galeeren und alle übrigen Ämter, die ihm jährlich zweiundsiebzigtausend Scudi eintragen, entzogen, mit Ausnahme von Paliano.
Der Marchese von Montebello verliert seine Stellung als Gouverneur des Vatikans inklusive der päpstlichen Leibwache. Als der Papst mit seiner Anklage fertig ist, nähern sich ihm sechs Kardinäle, an der Spitze der Dekan du Bellan, bitten ihn um Milderung des Urteils.

Niemals!

Paul IV. sagt, er verbiete sich ein für allemal das Eintreten für die Schuldigen und lässt Camillo Orsini, Ferrante di Sanguine und den Marchese von Montesarchio hereinführen, überträgt ihnen mit sofortiger Wirkung alle militärischen Belange. Lässt den Gouverneur von Rom und die ersten Sekretäre hereinrufen, verbietet ihnen auf das Strengste, ab sofort und in egal welcher Angelegenheit den Neffen zu gehorchen. Am Ende der Sitzung, die zweieinhalb Stunden dauert, sagt er, er werde in Rom einen Schrank aufstellen lassen, in den jeder und jede im Geheimen seine bzw. ihre Klagen legen könne.

»Die Schwäche des Alters«, sagt er, »und die Sorgfalt, die wir für die Angelegenheiten unserer heiligen Kirche aufwenden, in der wir, wie Ihr wißt, alle Mißbräuche ausmerzen wollen, haben uns bewogen, unsere weltliche Autorität unsern drei Neffen anzuvertrauen; sie haben ihr Amt schwer missbraucht und wir entlassen sie für immer.«

(Stendhal)

Daraufhin lässt er ein Breve verlesen, durch das die Neffen all ihrer Würden und Ämter enthoben und in armselige Dörfer verwiesen werden.

Der Kardinalkanzler, Carlo, wird nach Civita Lavinia verbannt,
der Herzog von Paliano, einst kommandierender General der päpstlichen Armee, nach Soriano,
der Marchese, Antonio, der Jüngste, nach Montebello.

#sotun_alsobnichtspassiertwäre_

Durch dieses Breve verliert der Herzog sein Herzogtum und seine regelmäßigen Bezüge, die sich auf zweiundsechzigtausend Piaster belaufen, was im Jahre 1838 mehr als eine Million was auch immer sind.

Geld ist gedruckte Freiheit.

(Fjodor Michailowitsch Dostojewski)

Rome n'est plus.

APPENDIX – 3. oktober
es gibt keine heimat, es gibt keine fremde, nur kontingenz in den kontinuen des unvorhersagbaren = 1 typischer kl.café-gedanke, thekenständig.

(kleines café)
(Herbert J. Wimmer)

Noch vor Ablauf der zwölf Tage muss Carlo Carafa nach Civita Lavinia, seine Brüder nach Gallese und Montebello in die Verbannung gehen. Ihr Anhang, ihre Frauen und Kinder, selbst die greise Mutter werden aus Rom verwiesen. Die Angeklagten sehen ihren Onkel nicht wieder. Auch Diomede Carafa wird das Amt eines Kastellans der Engelsburg entzogen.

Der Papst macht nur eine einzige Ausnahme: Kardinal Alfonso, dem keine Schuld nachgewiesen werden kann, darf im Vatikan bleiben, muss sich jedoch hüten, für die Schuldigen einzutreten, für die der Papst die stärksten Ausdrücke benutzt, ohne sie je wieder beim Namen zu nennen.

Es steht nicht zur Debatte, den strengen Befehlen nicht zu gehorchen, zumal die Carafas superunbeliebt sind. Ganz Rom, wirklich ganz Rom –

Stadt des Männerüberschusses. Stadt der Keuschheit. Stadt der kollektiven Neurose, der Macht. Zentrum eines Weltreichs, immerhin noch ein Vorbild als schwer faßbare Idee wofür auch immer –

achtet darauf, dass sie auch wirklich abziehen.

soriano & gallese

Der Herzog von Paliano schlägt nun, in Begleitung seiner Schwäger Ferrante d'Alife und Leonardo del Cardine seinen Wohnsitz in Soriano auf, ein kleines Dorf nordwestlich von Rom, während die Herzogin und ihre Schwiegermutter nach Gallese ziehen, ein kleines Kaff, knapp siebzehn Kilometer von Soriano entfernt. #praisethevegetables

Ich muss mal schauen, wo das ist, wie man da hinkommt …

In der Nähe von Viterbo.

Ja genau.

Und Soriano?

Soriano ist ein sehr alter Ort und liegt auf einem Hügel. Die Gegend ist überhaupt sehr hügelig. Ich habe in einem Palazzo gewohnt, mich dort eine Nacht eingemietet, ich wollte da unbedingt noch mal hin. Diese Gelassenheit. Rilassante. Auch in Viterbo. Ihre Glanzzeiten hatten sie dort vor vielen Jahrhunderten. Das sind alte Papststädte, das spürt man. In Tuscania gibt es eine Burg, die als Gefängnis dient wie in Paliano, und heute noch die alte Stadtstruktur. Meine Freundin dort sagt, das Leben basiert auf uralten Strukturen, die struttura komme noch vor der famiglia. Die Leute verlassen sich auf die Familie, so funktioniert dort alles. Verkrustet. Sie ist Nordeuropäerin, hat einen Römer geheiratet, baut Wein an, hat einen Olivenhain, kämpft Monat für Monat ums Überleben. Sie sagt, es sei sehr schwer, Zugang zu den Menschen zu finden, eben weil sich alle so sehr auf die Familie verlassen. Auch wenn sie einander nicht mögen und sich gegenseitig betrügen, auch wenn sie wissen, wie es wirklich läuft und alle ihre Geliebten haben: die Familie wird nicht angetastet, die bleibt. La famiglia geht über alles, die Ehre ist ganz wichtig. Nach außen. La faccia, ja nicht das Gesicht verlieren. Fare bella figura. Da geht es nicht um Lüge oder Wahrheit, um authentische Kommunikation, das ist kein Wert, ein Wert ist, dass man das Gesicht wahrt. Die Familie muss das Gesicht wahren, da muss halt manchmal was geopfert werden. Gerade das nördliche Lazio hat unglaublich viel Geschichte. Diese kleinen Städte rund um Rom. In Viterbo haben sich auch die Päpste versteckt, sich zurückgezogen, so wie in Anagni. Da ging es um grausame Sachen. Die Gesellschaft ist immer noch nicht frei. Das Kirchenrecht ist etwas Kriminelles. Das Eherecht ist etwas Kriminelles. Die Macht des Syndikats ist groß, sehr engmaschig. Du musst halt jemanden kennen. Sonst hast du keine Chance mit gar nichts.

(Lizzy Fidler)

Ma dai.
A casa del diavolo. Wörtlich im Hause des Teufels, am Arsch der Welt.
Dov'è il centro? Wo finde ich das Zentrum?

Die Gegend ist entzückend, doch: Verbannung ist Verbannung. Noch dazu aus ROM! Wo man doch gestern noch das Sagen hatte.

Come va?
Così, così.
Mi potrebbe dare un consiglio? Können Sie mir einen Rat geben?
Ha da accendere?
Come? Bitte?
Haben Sie Feuer?

Der Sturz der Nepoten erfolgt: so plötzlich. Die Fallhöhe ist enorm. Wenn man über Nacht alles verliert. Dass man nicht gleich weiß, wo man ist und wer. Sich auf Anhieb so ganz und gar nicht in sein Schicksal finden kann. Alle drei Brüder hoffen, dass der Onkel ihnen irgendwann verzeihen möge.

Denn wenn ihr den Menschen ihre Verfehlungen vergebt, so wird euch euer himmlischer Vater auch vergeben.
(Matthäus 6:14 | Lutherbibel 1984)

Und ertrage einer den andern und vergebt euch untereinander, wenn jemand Klage hat gegen den andern; wie der Herr euch vergeben hat, so vergebt auch ihr!

(Kolosser 3:13 | Lutherbibel 1984)

Wo ist solch ein Gott, wie du bist,
der die Sünde vergibt
und erlässt die Schuld denen,
die übrig geblieben sind von seinem Erbteil;
der an seinem Zorn nicht ewig festhält,
denn er ist barmherzig!

(Micha 7:18 | Lutherbibel 1984)

Der schwächliche Herzog von Paliano dreht durch, verliert vollkommen den Kopf. Ergeht sich in seinem Schloss in Gallese in Schmerz, Furcht und leerer Hoffnung.

(…) Aber schau, das verletzliche Leben am Morgen ist doch nicht nichts! / Kein falsches Wort, aufstehn, aus dem Fenster sehn, wie eine Halbwelt / aus Blaulicht sich aufhellt, da! Ein Aurorafalter landet, zittert, explodiert.

(Monika Rinck)

Carlo Carafa bewahrt kühlen Kopf. Hätte nun Zeit, in sich zu gehen, nachzudenken, Buße zu tun, was auch immer. Nada. Konnte seine gesamte Korrespondenz retten, all seine Kontakte im Handgepäck, irgendwas geht immer. Bezieht in Civita Lavinia ein kleines, armseliges Haus. Arbeitet fieberhaft daran, alles rückgängig zu machen.

Doch der Onkel bleibt unerbittlich.

violante, untröstlich

Marcello Capecce folgt mit den anderen Höflingen seiner Herrin in die Verbannung. Die sieht sich nur noch von einfachen Bauern umgeben. Fühlt sich angestaunt und angegafft. Am Land schaut man eben anders. Das Staunen erinnert sie wieder und wieder an ihren Absturz. Wie der Verlust von Ruhm, Macht und Einfluss die Menschen verändert. Die Herzogin ist untröstlich. Der Papst, ihr Schwiegeronkel, ist so alt, dass ihn wahrscheinlich der Tod überraschen wird, bevor er seine Neffen und sie nach Rom zurückrufen kann. Und das Schlimmste: Die drei Carafa-Brüder reden nicht mehr miteinander.

The past grows gradually around one, like a placenta for dying.
(John Berger)

Ich denke schon, dass sie auch glücklich waren.
Hoffen wir, dass es gut ausgeht.

Herzog fickt Herzogin. Und sie fickt zurück. Jemand klopft auf Glas, eine Rede. Jemand klopft auf Holz.

#in_exile_

Diana Brancaccios Besonderheit sitzt auf dem Chromosom 16 und führt dazu, dass in Dianas Haut, in ihren Haaren und Augen statt dem dunklen Melanin das hellere Phäomelanin eingelagert wird. Ein Umstand, der, so Stendhal, dazu führt, dass die Menschen ihr außerordentlich viel Leidenschaft zuschreiben, was alles zu erklären scheint. Auf Dianas Nase kommen kleine Sommersprossen zum Vorschein, im Sommer auch verstärkt an ihren Schultern.

APPENDIX – 19. juli
die welt ist meine haut
die haut ist meine welt
–
mein bewusstsein gehört mir!?
weiss es das?
[lässt mich mein bewusstsein sagen/denken]

(gasthaus blauensteiner)
(Herbert J. Wimmer)

Où es-tu à présent? Qui?

Diana will raus. Rom war ja ganz spaßig. Aber in Gallese versauern.

Ich finde rote Haare so richtig scharf.

Es heißt: Ich finde Rothaarige so richtig scharf.
Gar nicht, wenn man nur auf die Haare steht … gibt es auch.

In Gallese versauern und weltweit sind bloß zwei Prozent der Menschen rothaarig.

Diana ist bis über beide Ohren (von rötlichem Haar und wildem Temperament umgeben) in Domiziano Fornari, einen Edelmann vom Hofstaat des Marchese von Montebello, verliebt. So verliebt, dass sie ihn am liebsten heiraten würde.

Um aus Gallese wegzukommen, hilft es, zu heiraten.
Wären da nicht die Konventionen.
Eins, sie ist nicht mehr die Jüngste.
Zwei, ist es äußerst fraglich, ob der Marchese von Montebello und seine Frau, mit der sie ja blutsverwandt ist, jemals zustimmen würden, dass sie einen Mann heiratet, der ihr Bediensteter ist.
Drei, dieses Hindernis scheint unüberwindlich.

Das geht nicht.
Warum nicht?
Ich kann dich nicht heiraten.
Warum nicht.
Ach, komm schon!
Ach, komm schon.

In der Einöde krümmt sich eine Braut. Gar nicht erst daran denken. Sagt er auch, der Domiziano. Macht vor dem Hals eine Handbewegung, die ihn einen Kopf kürzer macht. Und sie schläft unter Oleanderbüschen und träumt in Buchstaben, neulich:

S I E m u s s d i e L i e b e u m s c h r e i b e n.

Diana sieht nur eine Möglichkeit: Der Weg zu Domiziano führt über den Marchese führt über den Herzog führt über die Herzogin. Sie muss alles aufbieten, um die Unterstützung des Herzogs von Paliano, der ja der ältere Bruder des Marchese ist, zu bekommen.

I'm gonna make somebody love me
I'm gonna make somebody love me

(Franz Ferdinand)

Diskurs übt die Hoffnung, das tote Kind ohne Wiege. Framing 2.0.

Wie kann man nur sein sprachwissenschaftlich geschultes Publikum für dumm verkaufen? Es ist immer noch ganz verstört. Pardonez-moi. Framing ist so 80er, Frau Wehling. Fragen Sie Lisa, Lakoff, Johnson. Mit und ohne Ankerpunkte. Genau.

Das Wörtchen MAN neu framen. Gerhard Scheits Plädoyer für das Wörtchen man.
Das Generalpronomen man ist damit das Wort, das es im Deutschen ermöglicht, auch dieses »Ärmerwerden«, das beide Geschlechter betrifft, ganz allgemein zu bezeichnen und sei's nur nebenher, gleichsam in den Obertönen eines Satzes. Sein kritischer Gebrauch, so indirekt er auch sein mag, setzt aber voraus, dass zugleich der Subjektbegriff nicht preisgegeben

wird; gerade er darf mit dem man nicht zusammenfallen. Sonst mündet das Wort wie von allein in den Holzweg der Heideggerschen Ontologie. Nicht von ungefähr findet es sich hier großgeschrieben, mit ihm wird der Subjektbegriff denunziert, es wird als Pejorativum abschätzig an dessen Stelle gerückt und zielt eben darin zugleich auf die Vernunft der Aufklärung, die vom Gedanken der Selbsterhaltung bestimmt ist.

(Gerhard Scheit)

Avec toi. Est-ce que tu es moi? Ou es toi? Oh dis-moi. Où tu es? Oh Sabine.

(EYE auf dem Album »Sabine«)

Oh Diana. Est-ce que on est moi? Ou es toi? Ou est on. Oh dis-moi. Où es-tu?

marcello, innamorato

Mitten im Schrecken dieser ganzen Verbannungssache passiert etwas.

Weit weg von Rom lässt die Herzogin eines Tages Marcello zu sich rufen, um ihm einen Auftrag zu geben. Sie sind allein. Marcello ist ungewöhnlich still, hört zu, nickt bloß.
Und dann nimmt er seinen Mut zusammen und sagt

»Signora, beunruhigt Euch nicht und nehmt die seltsamen Worte, die ich Euch zu sagen die Kühnheit haben werde, nicht mit Zorn auf. Seit langem liebe ich Euch mehr als das Leben. Wenn ich in zu großer Unvorsichtigkeit gewagt habe, Eure göttliche Schönheit wie ein Verliebter zu betrachten, dürft Ihr nicht mir die Schuld geben, sondern der übernatürlichen Kraft, die mich treibt und bewegt. Ich leide Qualen, ich brenne, ich bitte nicht um Linderung der Flamme, die mich verzehrt, sondern nur, dass Euer Edelmut Mitleid mit einem Diener habe, der voll Demut und ohne Vertrauen zu sich selbst ist.«

Violante sieht überrascht aus, beunruhigt.
Sie weiß nicht, was sie sagen soll. Und dann:

»Marcello, was hast du eigentlich in mir gesehen, das dir die Verwegenheit gibt, Liebe von mir zu fordern? Hat sich mein Leben, hat sich meine Unterhaltung so weit vom Geziemenden entfernt, dass du dadurch eine solche Unverschämtheit rechtfertigen kannst? Wie kannst du die Vermessenheit haben, von

mir zu glauben, dass ich mich dir oder irgendeinem andern Mann hingeben könnte, außer meinem Herrn und Gemahl? Ich verzeihe dir, was du gesagt hast, weil ich denke, dass du von Sinnen bist; aber hüte dich, wieder in den gleichen Fehler zu verfallen, anders schwöre ich dir, dass ich dich für die erste sowie für die zweite Frechheit zugleich strafen lassen werde.«

Die Herzogin ist wütend. Marcello müsste wissen, wann es besser ist, den Mund zu halten. Ein No-Go-Ding. Eine Empörung. *I'm Your Man. Leonard Cohen.*

Marcello ist geknickt, fürchtet, die Herzogin könnte dem Herzog von dem Vorfall berichten.
Doch es kommt anders.

Diana denkt nur noch an Domiziano. Sie braucht einen Fürsprecher, um den Herzog auf ihre Seite zu ziehen. Sie sagt sich, der Herzog ist ein Guter, bisschen schlicht vielleicht. Aber nett, behandelt sie wie ein Mitglied der Familie, auch wenn sie als Hofdame streng genommen eine Bedienstete ist. Auf Etikette gibt er nicht so viel wie seine Brüder. Auch wenn er als Mann alle Vorteile seiner Stellung genießt und Violante nicht unbedingt treu ist, liebt er seine Frau doch innig. Kann ihr keine Bitte abschlagen. Ach, hätte Violante bloß eine Leidenschaft! Oder beginge einen kleinen Fehltritt. Dann wäre sie auf Diana angewiesen. Sie würde *immer* auf sie zählen können.

violante & diana

Violante überlegt. Soll sie es Diana erzählen? Oder nicht? Besser nicht?

Diana?

Ja?

Ach nichts.

Diana?

Ja?

#LoveLifeAdvice #WeißtDuWasMarcello #HowToReactToALoveProposal

Wie unerhört! Was denkt er sich?

Ja, wie unmöglich! Im Sinne von nicht möglich.

Es geht darum, das Unmögliche zu kreieren.

(Soumitra Dutta)

In der Einsamkeit und Langeweile des plötzlichen Dorflebens verschwindet plötzlich die Langeweile.

If someone proposes love to you, what would be your reply?

I don't know … depends …

If you know each other well?

Depends on my feelings.

If he/she is your subordinate. Yet, a nobleman. And also considering both odds, that you may have feelings in return or you may not?

Die Entrüstung wippt immer so ein bisschen mit.

Und dann besprechen Violante und Diana Gartendinge, was sie anpflanzen lassen. Und Diana denkt an Domiziano, denkt, es gibt nur eine Möglichkeit.

16. Juni (abends)
Heute Diana von Marcellos Liebesgeständnis erzählt.

Für die grübelnde Diana ist Marcellos Liebesgeständnis ein unverhoffter Glücksfall. Geheimhaltung gegen Fürsprache. Violante & Marcello. Diana & Domiziano. Wie gefährlich ist die Liebe in Gedanken?

Aber, sagte sie, ich liebe dich doch. (Kontext: lesbisch)
(Auftrag Lisa Blasch)

Vielleicht kann sie alles von ihr erhoffen. Vielleicht ist das ihre Chance.

diana & domiziano

Gallese kann ganz schön langweilig sein.
Sie reden und reden. Sie reden sich in langen Unterhaltungen einsamer Stunden Marcello schön. Täglich spricht Diana mit Violante über ihn.
Der arme, unglückliche Marcello sieht so traurig aus. Wie schön er nicht ist. Ein Edelmann. Vornehmste Familie Napolis. Was für ein Mann! Hat alles, was es braucht, um eine Frau, die er liebt, glücklich zu machen. Sein Auftreten: edel wie sein Blut. Schlau, schön, witzig, mutig, was will sie mehr. Wie er sie angesehen hat.

You're not lost or lonely. Take the past and wrap it up in the pink of divine love. Lookin' for love, in all the wrong places. Let go of jealousy. Let go of fear.

(Louise Hay)

Diana!!

Violante denkt gar nicht daran. Wagt gar nicht, daran zu denken. Was das für Folgen haben kann! Zum Verzweifeln tugendhaft (… steckt die Haft drin).
Und Diana stellt fest, dass Worte wirken. Dass Violante sich Tag für Tag mehr und mehr für Marcello interessiert.

Mittlerweile in Rom. Der Papst nimmt sich vor, das gesamte Staatswesen zu reformieren. Sagt allen, die es hören wollen, er fühle sich *jetzt erst* frei von allen weltlichen Rücksichten. In diesem Sinne sei ja das Jahr 1559 überhaupt das erste seines Pontifikats.

Der Papst legt über die Missetaten seiner Neffen ein besonderes Buch an. *Je mehr ihm zu Ohren kommt, desto wütender wird er (Ludwig von Pastor, tweaked).* Camillo Orsini macht sich daran, die Verwaltung zu straffen, von neapolitanischen Schmarotzern zu säubern, die Kardinal Carafa in alle Ämter gebracht hatte. Die meisten reif für eine Strafuntersuchung. Schon am 31. Januar erfolgt eine vollständige Reorganisation des im Herbst 1557 eingesetzten Staatsrates. Im Laufe des Februars kommt es zu einer weiteren Umstrukturierung, und zwar: aller Beamten Roms. Die hohen wie die niederen Verwaltungsstellen werden mit neuen Personen besetzt, die meisten besitzen das Vertrauen Orsinis. Der plant auch eine Verfassungsänderung für den Kirchenstaat und eine gründliche Finanzreform. Plus: hat den Auftrag, die verbannten Neffen zu überwachen. Als er am 31. März erkrankt und am 4. April verstirbt, reden alle nur noch davon, dass Carlo Carafa ihm über Mittelsmänner Gift verabreicht haben muss. Und als am 22. Mai auch der an und für sich gesunde, umso strengere Kardinal Rofario ganz plötzlich stirbt, ist man sich sicher. Lässt sich nur nicht beweisen.

#liebessommernächte

Gallese hat alles, was Naturmenschen wie Kosmopolit*innen glücklich macht. Der Wald ruft. Wie der Verlust von Macht verändert.
In der Hitze eines endlosen Sommers streift Violante durch die Wälder rund um Gallese. An manchen Abenden kann sie das weit entfernte Meer riechen. Spekulativer Strand.

vor allem am frühen Morgen, wenn das Wasser leicht gegen den Sand klatscht, sich die Wellen kaum überschlagen, sodass sie aufschäumen, sondern sich dem Ufer sanft nähern in Form von kleinen, schwingenden Hügeln, die nur mit der einen, vorderen Seite nahezu lautlos und wie nebenbei vor sich hin auf den Sand fallen.

(Gustav Ernst)

Keine Möwen?
Keine Möwen.

Eben jetzt kommt eine kühlende Brise über die Hügel, von deren Gipfel man den Horizont sieht. Proben von Licht. Kirschen essen. Wozu die Sinne fähig sind, wie aufregend. Dabei dachte sie, man habe fünf Sinne, Irrtum. Einen Spür-Sinn. Den Froh-Sinn. Einen Abenteuer-Sinn. Den Regen-auf-der-Haut-Sinn. Einen Das-erste-Mal-Sinn. Das bisschen Angst zu sterben. Den Freiheits-Sinn. Den Genuss-Sinn. Einen Kirschkern-auf-den-Baumstamm-spuck-Sinn.

APPENDIX – 30. juli
die natur der gegenwart

(liegewiese, altaussee)
(Herbert J. Wimmer)

Diana, die alte Kupplerin, trifft Marcello nun täglich, erzählt ihm, was in Violante vorgeht. Und umgekehrt.

Adventure is worthwhile in itself.
(Amelia Earhart)

Marcello kann sich in den Wäldern aufhalten, ohne die strengen Regeln der höfischen Sitte zu missachten. Er achtet darauf, Violante nicht zu begegnen.
Irgendwann würde Diana ihr sagen, er werde im Wald auf sie warten. Sie würde ihm ein Zeichen geben. Lady Day. *The livin' is easy. Billie Holiday. To fall in love with you. Bob Dylan.*

Diana erzählt Violante, Marcello habe gesagt, er würde – sollte sie ihn sehen wollen – im Wazld auf sie warten. Und eines Tages gibt Violante Diana ein Zeichen und Diana gibt es weiter an Marcello.

Come as you are. Nirvana. So kommst du zu mir.

Und gerade so, wie sie sich Violante und Marcello im Wald vorstellt, gibt sich Diana nun selbst einer leidenschaftlichen Liebesnacht mit Domiziano hin.

the art of seduction
1 desire
2 confidence
3 body language
4 arousal
5 sonne
6 leuchtturm
7 diskokugel

For you lovers out there:
Every part of you is just another part of me. Every part of you is just another part of me.
(Edward Sharpe & The Magnetic Zeros)

Diana ist sich nun sicher, dass Domiziano sie heiraten wird.

In der letzten Instanz. Und bringst mir etwas, das ich nicht verstehen kann. Das Ende der Naaacht. Das Ende der Nacht.
(Bob und Tod von Die Heiterkeit)

And I love him. The Holmes Brothers (Beatles cover, tweaked).

#domizianohautab

Man weiß nicht, warum es so kommt, doch: Domiziano wird alles zu viel. Auf mehreren Ebenen. *Dafuq man.*

Inside Domiziano. Ist vielleicht nicht so verliebt. Hat vermutlich Angst. *La famiglia.* Davor, von Dianas Familie – remember il Cardinale – erdolcht zu werden. Da kursieren Geschichten. Der mittlere und der jüngste Brüder mehrfache Killer! Auch wenn Kardinal Carlo der jüngste der drei ist, und der nettere Herzog als Ältester doch das eigentliche Oberhaupt. Die Wände haben Augen, der Boden Ohren. Die Gefahren, denen Mitspieler ausgesetzt sind, die sich weigern, gewisse Spiele mitzumachen, sind unzählig. Sollte einer oder alle drei oder sonst jemand auch nur das Geringste von dem Techtelmechtel erfahren, gar nicht daran denken.
When something is wrong with my baby.
(The Holmes Brothers)

Es ist schwer, eine erfolgversprechende Antithese für das biblische Manöver von Potiphars Frau zu finden. Wenn es brenzlig wird, gibt es eigentlich nur eine Möglichkeit: Man macht sich rechtzeitig aus dem Staub.
Bloß weg, koste es, was es wolle.

Und eines Tages – Violante hatte schon seit einiger Zeit dem Werben Marcellos nachgegeben und ihn empfangen – verschwindet Domiziano aus Montebello.

Some are lost and never found. Nina Simone.

So ist die Liebe, egoistisch und wechselhaft. So Jessica Hausner.

der Pudding	pudding, blancmange
der Wackelpeter	jello, jelly, mold, mould

Wahre Liebe
kennt keine Furcht oder Vergeltung.

I just learned to run. Lee Hazelwood. Arme Diana. *Let it die. Feist.*
Jeder geht alleine (Staring Girl Cover). Gisbert zu Knyphausen. DMD KIU LIDT. Ja, Panik.

Eric Berne schreibt, er sei 1938 in Aleppo einem alternden »Joseph« begegnet, der zweiunddreißig Jahre zuvor Konstantinopel fluchtartig verlassen hatte müssen, nachdem ihn anlässlich eines »Geschäftsbesuchs« im Yildiz-Harem eine der Sultanfrauen kompromittiert und in die Enge getrieben hatte. Er musste sein Geschäft aufgeben, nahm all sein Geld, floh noch am selben Tag aus der Stadt und kehrte nie wieder an den vermeintlichen »Tatort« zurück.

Einzelaktionen: 1. Frau Verführung. Mann Verführung. Frau Verführung im Gegensinn. 2. Frau Kapitulation. Mann Sieg. 3. Ehemann Konfrontation mit Vorhaltungen (ob berechtigt oder nicht). Mann Auszucker / Zusammenbruch. Frau Zusammenbruch. Ziel: Arglistige Rache
Alle tot.

Nutzeffekte: 1. Innerlich psychologisch – Hassgefühl und Schuldprojektion. 2. Äußerlich psychologisch – Vermeidung von

Intimerlebnissen mit emotionnale Hintergrund. 3. Innerlich sozial – »Jetzt hab ich dich endlich, du Schweinehund!« 4. Äußerlich sozial – »Ist es nicht schrecklich«, »Gerichtssaal«, »Macht den Sieger unter euch aus«. Biologisch – Sexuelle Beziehungen und Austausch von aggressiven Bekundungen. Existenziell – »Mich trifft keine Schuld.«

(Eric Berne, slightly tweaked)

#liebeskummer_nummer. on dit on the edit menu click replace

Diana ist verzweifelt. All the broken-hearted people in the world would agree. Von ihrer Liebe verschmäht. Weint sich stundenlang bei Violante aus. Tagelang. Sie weiß. Doch sie weiß auch, wie er küsst. Nächtelang. Ich wollte das nicht, ich wollte es nur besser machen. Bis ihr Violante irgendwann zu verstehen gibt, dass sie sich ihr Jammern nun lange genug angehört habe. Dass es weitergehe. Dass das Thema erschöpft sei.

Stendhal zufolge.

Aus Liebeskummer außer sich zieht Diana die sonderbarste Schlussfolgerung, deutet Violantes kühle Reaktion als bitchige Langeweile. Ja, Violante (!) habe Domiziano veranlasst, sie zu verlassen, dass sie ihm sogar Geld für die Reise gegeben und ihr Herz den grausamsten Leidenschaften preisgegeben habe. Dem Argwohn folgt bald der Wunsch, sich zu rächen.

Vielleicht geht es auch um etwas ganz anderes. Um Marcello. Um Violante. Um Diana.

Und vielleicht war alles auch ganz anders, die Rolle der beiden Frauen, vielleicht wollten sie eigentlich den Liebhaber ausschalten und der Herzog ist dann nur vom Kardinal beauftragt worden, ihn auch noch mit der Kurtisane auszuschalten.

Man weiß ja nie, was da war.

Vielleicht wollte sie auch bloß ihre Vertraute nicht verlieren.

Aber, sagte sie, ich liebe dich doch. (Kontext: lesbisch)
(Auftrag Lisa Blasch)

Einzelaktionen: 1. Frau und Frau Verführung. 2. Frau reagiert nicht so wirklich. 3. Frau Verführung. Mann Verführung. 4. Frau Verführung im Gegensinn. 5. Frau Kapitulation. Mann Sieg. 6. Ein Mann haut ab. 7. Der Zweite will nichts mehr wissen. 8. Eine Frau heart-broken. 9. Eine im siebten Himmel. 10. Der Dritte (der Ehemann) weit weg. 11. Bis alles auffliegt: Konfrontation mit Vorhaltungen (ob berechtigt oder nicht). 12. Ehemann Auszucker / Zusammenbruch. 13. Frau Zusammenbruch / Auszucker. Ziel: Arglistige Rache. 14: Alle tot.

Nutzeffekte: 1. Übertragung von Schuldgefühlen. 2. Äußerlich psychologisch – Befreiung von Schuldgefühlen. 3. Innerlich sozial – »Schätzchen«, »Außerdem«, »Tumult« und andere Spiele. Äußerlich sozial – »Gerichtssaal«. 4. Biologisch – Anerkennung (Streichel-Einheiten) von Seiten des Richters und der Jury. 5. Wiederherstellung der gesellschaftlich anerkannten, heteronormativen Spielregeln, gesellschaftliche Organisation, Kontrolle der Sexualität der Frau und des Mannes. 6. Existenziell – Depressive Position – Egal, was ich mache, es ist egal. Egal, was ich mache, es ist das Falsche.

Oder so 'ne Art wilde Ehe, ausgehend von dem Modell Simone de Beauvoir und Sartre und die hatten ja verschiedene Konstellationen und wer und was da alles mitspielt, welche Stereotypen und Beziehungsvorstellungen und so.

(Karoline Feyertag)

diana petzt

Diana sucht um eine Audienz beim Herzog an und erzählt ihm, was da zwischen seiner Frau und Marcello läuft. Doch der weigert sich, ihr zu glauben.

»Bedenkt«, sagt er, »dass ich der Herzogin seit fünfzehn Jahren nicht den leisesten Vorwurf zu machen habe. Sie hat den Versuchungen des Hofes und den Verführungen unserer glänzenden Stellung in Rom widerstanden. Die liebenswertesten Persönlichkeiten, der General der französischen Armee, Herzog von Guise selbst, haben nichts erreicht, und Ihr wollt behaupten, dass sie einen gewöhnlichen Edelmann erhört hat?«

Please don't hurt me. The Holmes Brothers

Die Erzählung ist auf Wiederholbarkeit angelegt, ein sexuelles Skript, das sich durch die Jahrhunderte zieht.
Die Erzählung ist – insofern sie nicht darauf angelegt ist, irgendwo hinzuführen – vielleicht doch keine Erzählung.

Der Topos der schwangeren Frau im Film, in *Fargo*, Juno, ist ja eher selten, nochmal seltener sind schwangere Frauen, die von ihren eifersüchtigen Ehemännern bzw. Liebhabern ermordet werden.
Im *Tatort*, das bleibt oft unterkomplex, schwarz-weiß, die da, wir da, die Männer, die Frauen, die Religion slash Kultur.
Ja, nochmal seltener sind Filme mit schwangeren Frauen, die ermordet werden, jedoch überleben und sich dann rächen.
Das wäre dann ja bloß Mordversuch.

Egal, gleich schlimm. *Kill Bill: Vol. 1* und *Kill Bill Vol. 2*, das einmal so anders zu erzählen, zu zeigen und zu sehen. Detto und ganz andere Themen *Inglourious Basterds, Django unchained*, genial.

Man fragt sich: Gibt es etwas, was *The Bride* aka Beatrix Kiddo nicht kann, schafft, bewältigt, überlebt?

Und?

Na ja, die Braut wacht aus einem vier Jahre andauernden Koma auf. Das Kind in ihrem Bauch ist weg. Ihr Bräutigam tot. Und sie rächt sich an dem durchgeknallten Profi-Killerteam 88 von O'Ren, dem sie selbst einmal angehörte. Killt eine nach der anderen, alle, die sie betrogen haben. Wird bei lebendigem Leib begraben, befreit sich mit bloßen Händen aus Paula Shultz' Grab und rächt sich am Schluss bei ihrem Ex-Mann Bill, der ihren Mord in Auftrag gab. Genialerweise mit der »Five Point Palm Exploding Heart Technique« *UND* sie entdeckt darüber hinaus, dass ihr ungeborenes Kind den Mordanschlag überlebt hat, dass sie Mutter einer Tochter ist.

Die Zerschneidung des Ganzen durch die Sinne

Seine Filme sind ja bekannt für ihre Gewalt.

Und?

Nichts und.

Übersehen wird oft, dass er die stärksten Heldinnen, wenn nicht Superheldinnen, *ammmmmazing women* erschaffen hat. Und zwar in *jedem* seiner Filme von *Kill Bill* über *Inglourious Basterds* bis zu *The Hateful Eight.* Okay, Mia Wallace als kokain-schniefende Gangsterfrau in *Pulp Fiction* ist jetzt nicht unbedingt eine Kämpferin, aber sie hat was absolut Einnehmendes. Insofern sie den Auftragskillern, die für ihren Mann arbeiten, Angst einjagt, indem sie unwiderstehlich charmant ist.

Violante may be passive, but what she lacks in action, she makes up for in noblesse.
Diana may be ginger-haired, but what she lacks in Liebreiz smartness darkness, she makes up for in passion.

Babes behaving baldly. Boldly. Blandly.
Babes behaving badly.

benimm dich.
aber wie?

(.aufzeichnensysteme)

#gallese_aufregung

Das Unglück will, dass der Herzog, der sich nun immer öfter in Soriano aufhält, das nur zwei knappe Meilen von Gallese entfernt liegt – ah, stimmt nicht, es sind weit mehr (siehe Google Maps) – langweilt. Seine Besuche sind eine willkommene Abwechslung.
Er gewährt Diana bald eine ganze Reihe von Audienzen, ohne dass die Herzogin davon erfährt. Diana hat erstaunliche Energie. Die Leidenschaft macht sie beredt. Sie liefert dem Herzog Details.

Stendhal meint, die Rache sei nunmehr Dianas einzige Zerstreuung. Stendhal meint auch, der Herzog, Giovanni, bleibe anfangs unbeeindruckt. Glaube Diana nicht. Mache sich nicht mal die Mühe, um Mitternacht die zwei Meilen – stimmt nicht, es sind mehr – nach Gallese zu reiten und unangekündigt das Schlafzimmer seiner Frau zu überprüfen. Vielleicht hat er ein schlechtes Gewissen. All die Affairen und so. Vielleicht denkt er einen Schritt weiter. Was es bedeuten würde, wäre tatsächlich Marcello im Schlafzimmer. Außerdem ist sie ja schwanger.

herzog stürmt das schlafzimmer von herzogin

Und dann ist der Herzog eines Abends schließlich doch einmal unangekündigt in Gallese. Die Sonne ist schon untergegangen, aber es ist noch ein wenig hell, als Diana aufgeregt in den Saal stürzt, in dem sich der Herzog aufhält. Sie sagt, sie habe eine wichtige Nachricht.

Marcello Capecce habe soeben das Schlafzimmer der Herzogin betreten.

Giovanni nimmt seinen Dolch und geht schnellen Schrittes zum Schlafzimmer seiner Frau, öffnet die zweite, geheime Tür, tritt in das Zimmer, sieht, wie Violante auf dem Bett liegend etwas in ein kleines Notizbuch kritzelt. Die Kammerfrau ist da. Und Marcello Capecce, der drei Schritt vom Bett entfernt am Fenster steht.

Die drei sind überrascht, erröten vielleicht, als sie den Herzog eintreten sehen.
Aber sonst ist nichts Verbotenes an dem Anblick, den sie bieten.

Eine angespannte, ausgesprochen unangenehme Situation, so was würde den meisten Paaren Stress machen. Ganz ohne spanisches Hofzeremoniell.
Wenn das denn gut werden soll, müssen bisher unausgesprochene Bedürfnisse jetzt erkannt und realistisch eingeschätzt werden. Gut ist es, darauf vorbereitet zu sein, dass eine Ehe, nicht nur harmonisch ist.

Love Triangle, gibt es so etwas wie Rache über den Tod hinaus?
Was ist unverzeihlich?

Der Herzog fackelt nicht lange und packt Marcello. Bugsiert, stößt, schleppt ihn unsanft in das Nebenzimmer, wo er ihm befiehlt, seinen Degen und Dolch abzulegen. Ruft die Wachen, die Marcello sofort ins Gefängnis von Soriano überführen.
Ordnet an: *LA DUCHESSE* BLEIBE UNTER STRENGSTER BEWACHUNG IN IHREM SCHLOSS IN GALLESE!

Das, was uns zerstört, wird uns gleich reparieren.
Das, was uns zerstört, will uns bald reparieren.
Das, was uns zerstört, will uns gleich reparieren.

16. Mai
Liebesseminar im Halbtraum im Halbschlaf. I am sorry to hear that. PLUS I am sorry, you're permanently sorry. I've made observations. This is a mind f*ck of epic proportions. Tell him, you're constantly lying to me, there's an established pattern here of not telling the truth. And if you want to stay in my life on the level that you're at, we'll have to establish something, a probation period. No, I mean that problem is your problem. Lying betraying flattering gaslighting ghosting lying flattering gaslighting ghosting flattering. What are you afraid of?

#auswegesuchen

Stendhal schreibt, der Herzog habe die Absicht gehabt, die Schande zu verheimlichen, um nicht gezwungen zu sein, zu den äußersten Mitteln zu greifen, welche die Ehre von ihm fordert, Violante zu *kjrkrlkrltttwttwtttzzzzkrrrt* killen. Er habe noch versucht, das Gerücht zu streuen, Marcello würde wegen einer ganz anderen Angelegenheit im Gefängnis *sajhsdöhvaäeaavaapebäjbw* sein. Weil er nämlich vor zwei oder drei Monaten einige ungewöhnlich *grggrgrgrggralsvnwejvqwohakycknk* große Kröten zu einem verdächtig hohen Preis gekauft habe. Und dieser junge Mann habe *ihn, den Herzog,* damit vergiften (!) wollen.

Doch das vermeintlich wirkliche Vergehen

HABEN SIE, HABEN SIE NICHT
SIND SIE NOCH, SIND SIE NICHT MEHR

macht längst die Runde, von Mund zu Ohr zu Ohr zu Mund, postfaktisch war längst und sicherlich nie. Das Landleben, die Phantasie und Rom. Gar nicht erst sich vorstellen, was sie sich alles vorstellen. Von Gallese bis Soriano bis Civita Lavinia bis Montebello bis Roma und in die Welt. Was stellen sie sich denn vor?!

Eine Affaire?!
Die Herzogin?
Da war angeblich nichts.
Und nun?
Wer hätte das gedacht.

Was wohl.
Die Herzogin?
Violante & Marcello.
Was auch immer da passiert ist …
Ich will es gar nicht wissen.
Was passiert jetzt mit ihr? Und ihrem Liebhaber?
Was wird er tun?
È completamente giù.
Cornuto.
Di che cosa parlate? Worum geht's?
Niente.
Wie es ist, wenn man den Boden unter den Füßen verliert.
Come che sia. Wie dem auch sei.

Ein breiter langer Strom aus Wortgewebe, Trugbildern, Erfindungen, Phantasien, Klatschstoff glänzend coloriert, hier und da ein paar Flecken *wie es wirklich war*

Spielwesen, wir sind.

Wir sprechen gern, damit es nicht still wird um uns.
(Thomas Edlinger)

Und Kardinal Carlo, in seiner Funktion als Bruder, als Schwager redet von Schande und Ehre und immerzu davon, dass die Ehre wiederhergestellt werden muss. Der Herzog weiß doch, was zu tun ist.

Der Herzog weiß nicht so recht.

Die Schande, den Schimpf, den man seiner, nein ihrer aller Familien antut, mit dem Blut der Schul-

digen abwaschen. Blut der »Schuldigen«, Wut der »Schuldigen«.
Kein Blut. Wut. Rot.

Täglich schickt der Kardinal Boten, fragt den Bruder, wann er denn nun gedenke, die Schande, den Schimpf seiner, nein, ihrer aller Familie, mit dem Blut der Schuldigen abzuwaschen. Und dabei belegt doch eine neue Studie, dass Verbrechen im Namen der Ehre nichts mit Ehre und noch weniger mit traditionellen Werten zu tun haben. Meist geht es um Geld bzw. Macht bzw. die Erbfolge bzw. die Reihenfolge der Geburt, das Geschlecht und so weiter.

Die Kirchenvertreter sind Zeugen.

Viel steht auf dem Spiel.
Die Hölle. Liebe möglicherweise.

Und der Bruder und Schwager kommt nicht mehr herunter. Immerzu Schande und Ehre im Kopf. Wenn schon nicht er, dann solle es eben *ihr* Bruder machen. Giovanni steht auf der Bremse. Doch Carlo lässt nicht locker.
Violante, schwört immerzu bei G*tt. Da war nichts. Er glaubt ihr. Er will ihr glauben. Er liebt sie.
Und das Kind in ihr? Und Carlo lässt nicht locker. Die Schande, die Ehre. Sagt, er habe keine Wahl. Und Giovanni denkt, er habe keine Wahl. Er weiß, er hat keine Wahl.

Habe ich eine Wahl? … G*tt, habe ich eine Wahl?

Es ist vollkommen egal, worauf sie schwört und ob. Da ist der Termin schon festgesetzt. Fuckup nights.

Die Zeit ist einfach reif. *Nun ist die Luft von solchem Spuk so voll, daß niemand weiß, wie er ihn meiden soll.*

(Faust II, V. Akt).

So ein Ehrenmord. Von wegen Ehre. Dieses ganze Dogma von Der-Körper-kann-brennen, Die-Seele-muss-gerettet-werden. *Da scheint es in der Logik eher so zu sein, dass die Brüder ihre Ehre, aber auch* ihre *Ehre, die der Herzogin, wiederherstellen, indem sie sie umbringen, so à la ihre Seele wird gerettet, sie kann dann im Himmel glücklich sein und der schändliche Körper wird zur Rechenschaft gezogen.*

Es ist ja immer der Körper, der eigentlich die Schuld trägt, in der christlichen Ideologie wie im medizinischen Diskurs, dass da auf die Organe fokussiert wird, den Willen, den gibt's da nicht, der ist so schwach, also grad' bei der Frau, auch beim Mann, dass man dagegen einfach nicht ankommt. Es wird nicht die Frau bestraft, sondern ihr Körper, nicht die Seele, die bleibt rein.

Wie gemein.

Leidenschaft, okay, das, worauf Männer ihre Leidenschaft richten, ist weiblich imaginiert, der männliche Geist und die weibliche Seele, und der weibliche Körper als Verkörperung dessen. Die Metaphern der Wissenschaften sind ja weiblich, die Musen etc. aus der griechischen Antike, sind auch auf den Bildern in der Renaissance als schöne Frauen dargestellt. Die Philosophen sind umgeben von Musen, das sind ja meistens keine realen Frauen. Giulia Sissa hat ein schönes Buch geschrieben, L'âme est dans le corpse de femmes.

(Karoline Feyertag)

Die gesellschaftlichen Spielregeln müssen eingehalten, das Machtgefüge wiederhergestellt werden.

Einmal die Hölle durchqueren. Erste sein. Ein Fenster geht auf. Ein Fenster geht zu. Die Pinienbäume machen eine Allee, bilden seitwärts kleine Fenster aus Baumstämmen auf die bezauberndste Hügellandschaft, lenken den Blick auf die Frage, wie sexuelle Verhältnisse gesellschaftlich organisiert sind. Das Böse ist real. Nicht angeboren, es ist erworben und

niemals die Kehrseite des Guten, sondern dessen Zerstörer.

(Alice Miller)

Der Herzog lässt Ferrante d'Alife, seinen Schwager, Violantes Bruder und Antonio Torando – *Zoom auf Antonio Torando* –, er ist ein Freund des Hauses, zu sich kommen. Stendhal schreibt, sie bilden zu dritt eine Art Gerichtshof, leiten die Untersuchung gegen Marcello Capecce.

Marcello wird im Namen der Ehre wegen Ehebruchs mit der Herzogin angeklagt.

Was die Ehre dazu wohl sagen würde.

Studien belegen, dass Verbrechen im Namen der Ehre weniger mit Ehre und auch nicht unbedingt mit traditionellen Werten zu tun haben. Meist geht es ganz profan um Geld bzw.

Macht oder die Erbfolge bzw. die Reihenfolge der Geburt, das Geschlecht und so weiter.

(Katharina Beclin, slightly tweaked)

Manchmal geht es ganz profan ums Wie-man-wieder-nach-Rom-und-an-die-Macht-kommt.

es wird verzeichnet was auf den tisch kommt.

(.aufzeichnensysteme)

Die Umstände des Todes von Marcello Capecce (gemäß den Prozessakten gegen Kardinal Carlo Carafa und Giovanni Carafa, Herzog von Paliano. – *Achtung, Spoiler*: Auch ein Papst muss sterben.) Die Unbeständigkeit der menschlichen Dinge will, dass Papst Pius IV. – jener Papst, der etwas später auf Paul IV. folgt – der spanischen Partei angehört. Er kann Philipp II. nichts abschlagen. Philipp II. verlangt von ihm den Tod der Carafas, des Kardinals und des Herzogs von Paliano. Die beiden Brüder werden angeklagt, vor Gericht gebracht. Die Urkunden des Prozesses, der ihnen gemacht wird, beschreiben die Umstände des Todes von Marcello Capecce. Einer der zahlreichen einvernommenen Zeugen:

»Wir waren in Soriano. Mein Herr, der Herzog, hatte eine lange Unterredung mit dem Grafen d'Alife. Sehr spät am Abend stieg man in ein Vorratsgewölbe zu ebener Erde hinunter, wo der Herzog schon die Seile zur Befragung des Schuldigen hatte vorbereiten lassen. Anwesend waren der Herzog, Graf Ferrante d'Alife, Antonio Torando und ich.«

Als erster Zeuge wird Hauptmann Camillo Grifone, ein Freund und Vertrauter Capecces, aufgerufen.

Der Herzog: »Sage die Wahrheit, mein Freund. Was weißt du von dem, was Marcello im Schlafgemach der Herzogin tat?«
Grifone sagt, er sage die Wahrheit und nichts als die Wahrheit und so weiter und dass er nichts wisse, »ich bin seit mehr als zwanzig Tagen mit Marcello entzweit.«

Nachdem Grifone weiterhin beteuert, nichts zu wissen, ruft der Herzog einige Männer seiner Hofwache herein. Grifone wird vom Bürgermeister Sorianos höchstpersönlich mit beiden Händen an Seile gebunden. Die Wachen ziehen die Seile an und lassen den vermeintlich Wissenden einige Zentimeter über dem Boden hängen. Grifone stöhnt laut, seine Arme sehen seltsam verdreht aus. Ihm ist anzusehen, dass er große Schmerzen hat. So hängt er und hängt und man sieht, wie schlimm es sich anfühlen muss und irgendwann stöhnt er, sie sollen ihn herunterlassen, er werde alles sagen, was er wisse.

»Laßt mich herunter, ich werde sagen, was ich weiß.«

Die Wachen lockern die Seile, lassen Grifone herab und verlassen den Saal.

Wir bleiben mit Hauptmann Grifone allein. Grifone stöhnt. Es geht ihm nicht gut.
»Also?«, sagt der Herzog.
Und Grifone sagt: »Es ist wahr, dass ich mehrere Male Marcello bis zum Gemach der Herzogin begleitet habe, aber

weiter weiß ich nichts, weil ich in einem benachbarten Hof bis gegen ein Uhr morgens auf ihn gewartet habe.«

Der Herzog ruft erneut nach den Wachen, die Grifone erneut an die Seile binden und hochziehen. Grifone schwebt kurz, schreit unter Schmerzen auf, »lasst mich herab, ich will die Wahrheit sagen.«

Es sei wahr. Er habe seit mehreren Monaten geahnt, dass Marcello ein Liebesverhältnis mit der Herzogin habe, und habe Seiner Exzellenz davon Mitteilung machen wollen. Jeden Morgen habe die Herzogin jemanden zu Marcello schicken lassen, um sich nach dessen Befinden zu erkundigen. Sie habe ihm kleine Geschenke zukommen lassen. Darunter sehr kostbare, mit großer Sorgfalt und Liebe zubereitete Konfitüren. Er habe an Marcello auch kleine, wunderbar gearbeitete Goldketten bemerkt, die er offenbar von der Herzogin erhalten habe.

Grifone wird ins Gefängnis zurückgeschickt.
Nun wird der Pförtner der Herzogin hereingeführt. Er sagt, dass er nichts wisse. Die gleiche Tortur. Die Wachen binden ihn an das Seil, ziehen ihn hoch. Nach nur kurzer Zeit fleht auch er, herabgelassen zu werden, er werde sagen, was er wisse.

Sie lassen ihn herab, und der Pförnter behauptet erneut, nichts zu wissen. Also ziehen sie ihn wieder hoch. Er fleht und fleht, doch lassen sie ihn hängen. Erst nach einer kleinen Ewigkeit – er stöhnt und sagt, er sei erst seit kurzer Zeit im Dienst der Herzogin – lassen sie ihn herab. Und da es stimmt, dass er erst seit Kurzem am Hof ist und plausibel scheint, dass er nichts weiß, schickt der Herzog ihn ins Gefängnis zurück.

Das Gefoltere nimmt ganz schön viel Zeit in Anspruch, und erst das ständige Wachen hinausschicken, hereinrufen, rausschicken. Und alles für die Version Vergiftungsversuch durch Krötengift.

Einzelaktionen: 1. Vorbringen der Anklage – Vorbringen der Verteidigung. 2. Widerlegung, Eingeständnis oder versöhnliche Geste des Klägers oder Folter durch den Kläger. 3. Entscheidung des Richters oder der Jury. 4. Schuldeingeständnis oder auch nicht. 5. Das abschließende Urteil wird gefällt.

So ist es bereits stockdunkel und tiefe Nacht, als der Herzog Marcello Capecce holen lässt. Als die Wachen draußen und die Türen fest verschlossen sind, fragt er: »Was hattet Ihr im Schlafgemach der Herzogin zu suchen, dass Ihr dort bis ein Uhr, bis zwei Uhr und manchmal bis vier Uhr morgens bliebt?«

Marcello antwortet zuerst nicht auf die Frage.

Und auch nach einigen wirklich harten Schlägen leugnet Marcello weiterhin, dass er ein Verhältnis mit der Herzogin hat. Der Herzog ruft die Wachen, und Marcello wird aufgehängt. Das Seil verrenkt ihm die Arme. Er schreit. Stöhnt, er halte es nicht mehr aus, und verlangt, herabgelassen zu werden. Man lässt ihn herab, setzt ihn auf einen Schemel.

Er ist verrückt nach ihr. Und er bleibt es bis nach dem Moment, in dem er stirbt.

Extreme Gewalt, sagt Quentin Tarantino, eigne sich am besten, um die Emotionen des Publikums zu kontrollieren.

»I feel like a conductor and the audience's feelings are my instruments. I'll be like, ›Laugh, laugh, now be horrified‹. When somemone does that to me, I've had a good time at the movies.«
(Quentin Tarantino)

Wie Gewalt funktioniert. Wenn man glaubt, jetzt geht gar nichts mehr, gibt's noch eine auf den Deckel. Und noch eine. Da geht noch was. Komm schon, noch eine. Die einen teilen aus und haben Spaß dabei. Die anderen stecken ein und sind cool, bleiben bei sich, beugen sich keinem und keiner. Und dann, wenn man denkt, es ist vorbei, jetzt aber. Jetzt geht wirklich gar nichts mehr, dann erst kommt der Gegenschlag. Ein Gefühl von Genugtuung. Eine Befreiung. Das ist hier anders. Da geht nichts mehr.

Die Wachen gehen hinaus. Marcello verhaspelt sich, redet wirres Zeug, weiß nicht mehr, was er sagt. Man ruft die Wachen herein, die ihn erneut hochziehen. Marcello kippt weg, hängt da wie ein schlaffer Sack. Auf ein Handzeichen des Herzogs wird er herabgelassen.

Der Herzog lässt einen Eimer kaltes Wasser holen, über Marcello ausschütten.
Da ist er wieder.

Und sagt, es sei wahr, »dass ich zu dieser ungewöhnlichen Stunde in die Gemächer der Herzogin eingetreten bin, doch hatte ich ein Liebesverhältnis mit der Signora Diana

Brancaccio, einer der Damen Ihrer Exzellenz, welcher ich die Ehe versprochen habe, und die mir alles gewährt hat, was nicht gegen die Ehre war.«

Marcello wird in das Gefängnis zurückgeführt, wo man ihn Grifone und Diana gegenüberstellt. Jeder hat eine andere Sicht auf die Dinge. Marcello leugnet weiterhin, mit der Herzogin ein Verhältnis gehabt zu haben. Diana weiß gar nichts mehr.

Ab nach unten! Beide! (der Herzog)

Marcello kann kaum gehen, wir müssen ihn stützen. Doch als wir beinahe bei der Tür sind, sagt er etwas, kaum hörbar.

»Herr Herzog, Eure Exzellenz wird sich erinnern, dass Sie mir das Leben zusicherten, wenn ich die volle Wahrheit sagen würde. Es ist nicht nötig, mich von neuem anzubinden. Ich werde alles gestehen.«

Der Herzog tritt langsam zu Marcello. Marcello sagt etwas, es ist kaum zu hören. Der Herzog beugt sich näher an Marcellos Gesicht und der sagt mit zitternder, leiser Stimme

»Es ist wahr«. Und dann mit einem seltsamen Lächeln, dass er die Gunst der Herzogin genossen habe. I did fuck her. Sex ist in der Vorstellung oft heftiger, als man ihn real haben will.

Abbiamo fatto l'amore ed è stato dolcissimo, bellissimo, lunghissimo, fighissimo, era fuorissimo. Abbiamo fatto l'amore.

Abbiamo fatto l'amore ed è stato fuorissimo.

EIN WUTSCHREI

und Giovanni wirft sich auf Marcello, beißt ihn in die Wange, das Gesicht, sein Mund über und über voller Blut, spuckt ein Stück blutgetränktes Fleisch, zieht den Dolch doch

noch ehe er zustoßen kann, schreit jemand: »Halt! Haltet ein«. Es ist der Bürgermeister. Fragt mit unsicherer Stimme, ob es nicht gut wäre, wenn Marcello eigenhändig ein Geständnis ablege, das Seiner Exzellenz später als Rechtfertigung dienen könne, das er aufschreibe und so.

Der Herzog denkt kurz nach, befiehlt schließlich, Marcello nach unten zu führen. Dort liegen auf dem Schreibtisch Papier, Feder, Tinte, alles, was zum Schreiben nötig ist. Der Herzog und Marcello sehen beide wüst aus, ihre Gesichter sind blutverschmiert, die Hände, die Kleidung über und über rot. Aus Marcellos Wange fließt das Blut in Strömen.

Die Wächter stoßen ihn auf den Stuhl, der Herzog hält ihm die Feder hin und wir stehen da und sehen zu, wie Marcello zu schreiben versucht, doch das Seil hat ihn so sehr an Armen und Händen verletzt, dass seine rechte Hand fetzengleich von seinem Handgelenk baumelt

weiß ragen Knochensplitter aus der blutigen Masse
(Herbert J. Wimmer)

und er mit der linken, in krakeliger Schrift, kaum fähig, den Stift zu halten, langsam notiert

Ja, ich habe meinen Herrn verraten.

Der Herzog steht da und liest mit, während Marcello sich abmüht.

Ja, ich habe ihm di…

Marcello zittert nun am ganzen Körper, kann die Feder kaum halten, setzt Buchstabe hinter Buchstabe

… d i e E h r e

Es dauert lange, bis er den Punkt setzt.

genommen. Ein Punkt.
Drei Dolchstöße. Eins. Zwei. Drei.

If a guy gets shot in the stomach and he's bleeding like a stuck pig then that's what I want to see – not a man with a stomach ache and a little red dot on his belly.

(Quentin Tarantino)

Um Marcello herum wird bald alles rot sein. Um Marcello herum wird bald alles tot sein.
Ein Toter. Ja, ein Toter.

und das war das allerblutigste, *nicht wahr, und es war das Schreiben, man kann es auch das* Gottessen *nennen denn man fühlt sich von einer fremden Gestalt übermannt, und man tritt in eine fremde Welt ein, welche aber* voll Gloriolen

(Friederike Mayröcker)

Ein Wimmern. Ganz in der Nähe, bloß zwei Meter entfernt, mehr tot als lebendig kauert Diana Brancaccio in einer Ecke. Sie flüstert fortwährend unverständliches Zeugs, gibt seltsame Geräusche von sich, klingt dabei wie ein verletztes Tier.

Der Herzog zieht den Dolch aus dem toten, noch warmen Marcello und wendet sich zu ihr hin. Schreit von Schmach und Schande. Ein Wortschwall, ein Kopfblutrausch vielleicht. Diana wimmert und stammelt etwas von tausend- und abertausend-, millionenmal

Spiel »Wenn du nicht wärst«. Ziel: Ermutigung. In späteren Rollen: Kläger, Beklagter, Richter (und / oder Jury). Dynamik: Rivalität. Das hat sie / er mir angetan. These: Ich bin im Recht. Man muss mir bestätigen, dass ich im Recht bin. So sieht die Sache wirklich aus. Oder auch nicht.

und während der Herzog schreit und tobt – einzige Ursache meiner Schmach und so –, nimmt er ein Messer, packt sie an den Haaren, zieht ihren Kopf nach hinten und schneidet ihr mit einem lauten Schrei die Kehle durch. Diana gibt ein seltsames Geräusch von sich, kippt vornüber, ihr Gesicht liegt nun seitlich verdreht am Boden. Blut schießt aus ihrem Hals, bettet die Wange auf ein rotes, warmes Kissen. Was das Auge sieht. Stiefel. Tischbeine. Menschenbeine. Einen Türspalt. Der ins Freie führt, in die Einfahrt, die auf die Straße führt, die irgendwann nach Rom führt. Weg aus dem Gefängnis. Rom entgegen.

Eine zweite Tote.

Der Geruch von Blut. Das Wangen rosig macht. Das Herzen schneller schlagen lässt. Die Schmetterlinge im Bauch fliegen. Und oben die Sterne.

I'm stepping through the door and I'm floating in a most peculiar way and the stars look very different today.

(David Bowie)

Der Herzog lässt die beiden Leichen in eine Kloake in der Nähe des Gefängnisses werfen.

Was liegt denn da am Boden. Und daneben? Die Lücken zwischen Gedächtnis, Vergessen und Sprache. Und bald fällt ein wenig Mondschein darauf.

Normalerweise wird Licht, in Filmen und auch anderswo, dazu benutzt, Dinge sichtbar zu machen.

(Jörg Kalt)

Eine Straße, die auf den Horizont zu immer schmäler wird, ohne festen Rand, mit Engen, Ausfransungen, Querrinnen; Krümmungen, mit Übergängen zu dunkleren Flächen dazwischen, auch mit Unterbrechungen, schwarzen Stellen aufgrund von Ursachen, die ich nicht kenne. Gelegentlich flimmert sie stärker, wenn ein Schiff vorüberfährt und einen stärkeren Wellengang verursacht, und damit deutlich macht, es ist keine Straße, sondern eben Wasser mit plötzlichen Wellen und Spritzern und Abgründen.

(Gustav Ernst)

Die Straße, die irgendwann nach Rom führt: Führt nach Rom.

Irgendwann. Ebendort berichtet der junge Kardinal Alfonso Carafa, Sohn des jüngsten Bruders, des Marchese von Montebello, und *der einzige* der famiglia, den Paul IV. bei sich behalten hat, dem Großonkel nun, was in Soriano passiert ist.
Der Papst hört zu und stellt nur eine Frage.

»Und die Herzogin, was hat man mit ihr gemacht?«

Alle glauben, dass diese neun Worte nun den Tod von *la duchesse*, Violante, der Herzogin bedeuten.

Doch der Herzog zögert, kann sich nicht entschließen, Violante zu töten. Vielleicht wegen der außerordentlichen Liebe, die er immer noch für sie empfindet.

Pauline Kael once was asked something.
Do you think Violante Diaz-Garlon can ever come back? – She has to. We need her. Movies need her.
(Pauline Kael, slightly tweaked)

Die Ereigniskette um den Hals.
Second Act Turning Point: Some things happen. Person #1, something happens where she's in terrible danger. End of episode 1. Open episode 2. Repeat. Something dangerous happens to person #2 and #3. #4 goes home. Take it to the 2nd act turning point of #2 and #3.

Lässt du es am ersten Wendepunkt enden, bekommst du eine nachdenklich machende Überraschung. Am zweiten Wendepunkt wird es eine Tragödie.

Und dann wird Papst Paul IV. krank, ziemlich genau drei Monate nachdem er sich von *tutta la sua famiglia* losgesagt hat. Die Lossagung steht am Beginn der Schwangerschaft. Circa sechs Monate später stirbt der Papst am

18. August 1559

und *tutta la città*, alle Römerinnen und Römer, ach was *tutto il mondo*, alle Nichtrömerinnen und Nichtrömer feiern Freudenfeste!!! Der fromme, strenge Papst ist weg!! Fromme Menschen haben einen bestimmten Blick auf die Welt slash ihre Mitmenschen. From now on lachen, singen, tanzen sie und so befreit befreien sie die Gefangenen der Inquisition, stecken den *Palazzo dell'Inquisizione* in Brand, fallen einander in die Arme. Während Violante in Gallese weiter auf ihr Schicksal wartet. Sie wartet und sie schreibt um ihr Leben. Sie schreibt an Marc Antonio Colonna, den ehemaligen *Duca di Paliano*, sie schreibt ihm nicht nur, sondern findet – obwohl sie streng bewacht ist – eine Möglichkeit, ihm, dem Erzfeind (!), per Bote eine Nachricht zukommen zu lassen.

PERSÖNLICH / VERTRAULICH

Lässt Herzog Colonna ausrichten, sie würde ihm die Festung Paliano, die zurzeit einem ihr ergebenen Mann unterstellt sei, überlassen. Sofern er, Colonna, Mittel fände, ihr Leben zu retten und sie zu befreien.

Hitchcock rules.

#1 Give the audience information, that the character doesn't have.
Der Papst ist gestorben. Schnell, Violante, schneller: Pack deine Sachen und geh! Am besten sie würde jetzt schnellstens verschwinden. Wird verschwinden müssen. So-oder-so-Spiel: Hast du oder hast du nicht, mich betrogen. Wenn du nicht wärst. Die Ehre der Familie. Das lässt sich kaum gewinnen.

Nach dem Tod von Papst Paul IV. schreibt Kardinal Carlo Tag für Tag Brief um Brief an seinen Bruder, den Herzog, er wiederhole sich und weiter: faselt unaufhörlich davon, dass die Carafa'sche Ehre, dass ihrer aller Ehre,

den Tod der Herzogin erfordere.

Jetzt, wo der Onkel tot und man die Absichten des kommenden Papstes nicht kenne, wolle er, dass reiner Tisch gemacht werde. Er wisse schon.

Rom warte. Rom warte auf sie. Rom dürfe man nicht warten lassen. Rom warte eben nicht. Er würde alles regeln. Nichts da mit Krötengift.

Der Herzog kann nicht. Kann sich einfach nicht dazu entschließen, Violante zu töten. Sei es, weil sie ein Kind erwarten.

Mal rechnen. Im August im sechsten Monat, acht minus sechs, macht Februar. Sei es wegen der außerordentlichen Liebe immer noch usw. Er möchte ihr glauben. Denkt, er glaube ihr. Und immer noch. Das Krötengift. Niemals werde er etwas tun, das sie verletzen würde und so. Er, der ein einfacher und guter Mensch ist. Er, der sich in Sachen Ehre für weitaus reifer hält als den Kardinal. Was man von ihm veranlangt!

Sie sehen aber abgespannt aus!

Selbst wenn und dass er selbst unzählige Male der Herzogin gegenüber treulos gewesen war. Ohne sich die geringste Mühe gegeben zu haben, ihr gegenüber irgendetwas zu verbergen. Denkt an all die cortigiane. An jede einzelne. Dass sein Fremdgehen – sagt man so? –, dass seine Untreue eine so stolze Frau leicht auf Rachegedanken bringen hätte können, zumindest eine jede Frau, eine jede andere Frau. Und sein Bruder!! Was der herumgevögelt! Und immer noch. Wie unzölibatär! Und sie schwört bei G*tt.

Der Herzog beschließt, nichts zu tun.

Der Kardinal lässt nicht locker, gibt nicht auf und schreibt sogar noch, als das Konklave zusammentritt, um den neuen Papst zu wählen

er fühle sich durch dieses ewige Verschieben gepeinigt.

fühle sich schwerstens gepeinigt, und das (!), *nachdem* er die Messe gehört und die heilige Kommunion empfangen und also dadurch keine Erleichterung erfahren habe und nochmals, wenn der Herzog sich nicht *endlich* dazu entschließe, die Ehre ihres Hauses wiederherzustellen, wolle er niemals, wirklich niemals wieder etwas mit ihm zu tun haben. Sich NIE wieder für ihn einsetzen, sei es beim künftigen Papst, sei es im Konklave und überhaupt.

Well … Eine kleine Verdrängung, eine kleine Atempause, ein bisschen Radio hören. Ein paar Stunden, ein paar Tage.

Und dann schafft es ein ganz anderer Auslöser, den Herzog umzustimmen.

#2 Give one of the characters the information revealed to the audience.
Wie Boten naturgemäß sind, laufen sie Menschen über den Weg. Der Bote läuft zufällig dem Herzog über den Weg.
Der Bote zum Herzog, »Buongiorno, Herr Herzog, come sta? Ah, gut, dass ich Sie antreffe wegen der Nachricht an Colonna, die konnte ich nicht übermitteln, er ist längere Zeit auf Reisen, und die Herzogin sagte ja, es sei persönlich«, und händigt ihm den Brief aus.
Ein Bote konnte einen Brief an einen Colonna nicht übermitteln.

Das Publikum weiß etwas, das die beiden nicht wissen.
Sie wird sterben.
Sie weiß es nicht.
Sie wartet auf Antwort von Colonna.

Was wird sie machen? Was kann sie machen?
Giovanni, der Ehemann, öffnet den Brief und liest ihn.

#3 Difuse the tension.
Rom feiert immer noch. Remember die spanische Partei? Mit Philipp II. als Erzfeind der Carafas, als Feind Roms. Für das Geld: wunderbar. Drei gegen uns. Wir gegen sie. Die anderen gegen uns. Wir gegen die anderen. Spanien gegen uns. Wir gegen Spanien. Er gegen uns. Wir gegen ihn. Und Roms Verwaltung, die unter Paul IV. starken Einschränkungen ausgesetzt war, heizt die Stimmung in der Stadt weiter an. Der Apparatewerk instrumentalisiert den Volkszorn ganz in seinem Sinn. Ist »Revolution« ein Synonym für politische Veränderung, so kann »Utopie« als Inbegriff für politische Alternativen gelten.

Der Herzog hat den Brief zu Ende gelesen, den Auslöser dafür, dass er sie nicht leben lassen will, kann, möchte. Dem Erzfeind schreiben, wenn er sie befreie und so weiter das Herzogtum retour, sie fürchte um ihr Leben, so weit ist es also gekommen. Weil sie leben will.

Es gibt zwei Frauen, einen Mann. Es gibt keine passiven Protagonisten und Protagonistinnen, es gibt introvertiertere und extrovertiertere Menschen, die man sieht, nicht jedoch hört. Weil sie nicht sprechen. Oder zu weit entfernt sind. Lassen sich deuten, indem sie nichts sagen. Lassen sich die Sprache beschneiden. Auf dass wir sie deuten. Jemand wird sie deuten, die Instanz der Liebeszeichen. Verführerische Blicke, verführte Blicke.

I am certain of nothing but the holiness of the Heart's affections and the truth of the imagination. What imagination seizes as Beauty must be truth.

(John Keats)

Die Sommerhitze in Gallese, ein Krug Wasser, und ich schwöre, sage nichts als die Wahrheit als die reine Wahrheit. Der Zeuge hebt die ersten drei Finger der rechten Hand in die Höhe und spricht: »Ich schwöre bei Gott dem Allmächtigen und Allwissenden einen reinen Eid, dass ich über alles, worüber ich von dem Gerichte befragt werde, die reine und volle Wahrheit und nichts als die Wahrheit aussagen werde; so wahr mir Gott helfe!« Gtt G*tt G+tt. Die Welt ist rund, die Dörfer haben Ohren und die Post ist nicht so still, wie man meinen würde.

Empty your mind.

(Bruce Lee)

Was den Sterbenden Trost gibt? Da gab's einen Sterbenden, der wollte mit mir im Gesundbrunnen, in dem Center oben, einen Kaffee trinken, er fand das großartig. Es sind ganz einfache Wünsche. Diese eine Schokolade essen und so.

(Bettina F.)

Can I have one last *Monsieur Félix & Mister Norton Menage à trois* cookie*?

** An ammmmmazing sumptuous blend of milk, white and dark chocolate.*

»Nach der Messe hatte sie die heilige Kommunion genommen, und während wir ihr Trost zusprachen, trat ihr Bruder ins Zimmer, in der Hand hielt er eine Schnur und einen daumendicken Haselnussstab, etwa dreißig Zentimeter lang. Er verband ihr mit einem Taschentuch die Augen, sie zog es mit großer Kaltblütigkeit tiefer, um ihn nicht zu sehen. Er legte ihr die Schnur um den Hals, nahm sie wieder ab, ging Richtung Tür und sie zog das Taschentuch von den Augen und fragte: ›Was ist?‹. Und er sagte: ›Die Schnur ist nicht gut‹, er werde eine andere holen, damit sie nicht leiden müsse, und ging hinaus. Nach einigen Minuten kam er mit einer andern Schnur zurück, legte ihr erneut das Taschentuch über die Augen, schlang ihr die Schnur um den Hals, steckte den Stab durch den Knoten, drehte ihn herum. Wenige Minuten später war sie tot.«

Der Zeuge sagt aus, er habe sich zurückziehen wollen, um sie nicht sterben zu sehen, weil er Bedenken wegen seines Gewissens hatte, aber sie habe ihn »um Gottes Barmherzigkeit willen« gebeten zu bleiben. »Sie starb als gute Christin, immer wiederholend: Ich glaube, ich glaube.«

Interessant. Eines der wenigen von ihr überlieferten Statements in der ganzen Geschichte ist dieses »Ich glaube«. Wobei es die ganze Zeit darum geht, dass man ihr wiederum nicht glaubt. Was für ein eigentümlicher Sprechakt dieses »Ich glaube« ist, während man ihr die Luft abdreht – der etwas in Anwesenheit ruft, das nicht da sein kann. Oder darf. Aber dadurch erst notwendig wird.

(Lukas Matthaei)

Die Zeugen sind keine Zeugen. Sie haben ihre Hilfe unterlassen. Beihilfe durch Unterlassung, weil sich der zum Ziel verlaufende Kausalstrang eben ohne ihr Zutun vollzieht. Die Grenze zwischen Mittäterschaft und Beihilfe durch Unterlassen ist eine immer wieder neu zu ziehende und der Kontext stets ein mitzuberücksichtigender.

20. August
27. August
30. August
Violante Diaz-Garlon ist tot.

Drei Datumseinträge je nachdem, wo du sie findest. Mord an Violante di Cardone am 27. August, datiert nach *Regesto di documenti della famiglia Franciotti Della Rovere* von Patrizia Rosini. Was in einem Namen steckt, violare, violante. Contribute your knowledge to the name Violante: Die Kapuzinermönche Antonio von Pavia und Antonio von Salazar, beide Zeugen des Mordes, bleiben im Prozess des Herzogs von Paliano um den Mord an seiner Ehefrau Violante di Cardone, Herzogin von Paliano, bei ihren Aussagen, die Herzogin habe stets ihre völlige Unschuld beteuert, sowohl in allen Unterredungen mit ihnen, wie in jeder Beichte und besonders auch in der Beichte, die der Messe voranging, wo sie das heilige Abendmahl empfing. »Wäre sie schuldig gewesen, hätte sie sich durch diesen Stolz bloß in die Hölle gestürzt.«

1. Was man über den Tod sagen kann, ist das Sterben – und das Sterben kann lang sein.

(Roland Barthes)

Dass sie sterben wird, dass das Konkrete des Körpers – nein: das zweier Körper – stirbt. Aus demselben Stoff die Wangen, Augen, Haare.

Sieh mal, Violante, wie filigran, was trägt sie um den Hals?
Ich trage eine Ereigniskette, das ist gerade Mode.

In Büchern sind Wörter.
Die Wörter sind in den Erzählungen.
Die Erzählung macht einen Satz in ein anderes Jahrhundert.
wirklich

#wassichimkörpertutwennmanerwürgtwurde

nicht viel
viel leicht
nichts / genau genommen

Etwas, das rückwärts fliegt. Wenn ein Wort hier und da beginnt zu entfliehen.

viel leicht nichts genaugenommen

Wie?

Ist die Frau, die hier im Lichtstrahl der Abendsonne mit den Armen rudernd nach Luft ringt und zittert, wirklich am Sterben. Oder starrt sie nur auf das, was vor ihr …

… hatte sie wirklich gedacht, drei Leben könnten je vollendet sein. Die Dreiecke. Vater, Mutter, Kind. Vater, Mutter, ungeborenes Kind. Vater, Mutter, vermeintlicher Liebhaber. Es gilt die Unschuldsvermutung. Mann, Frau, vermeintlicher Liebhaber. Herzog, Herzogin, vermeintlicher Liebhaber. Mann, Frau, vermeintliche Freundin. Mann, vermeintlicher Liebhaber, vermeintliche Freundin. Vermeintlicher Liebhaber, Frau, vermeintliche Freundin. Abgehauener Schwarm, one night stand, vermeintliche Freundin, Herzogin. Herzensbrüche. Papst, Kardinal, vermeintlicher Liebhaber. Papst, Kardinal, Herzog. Vermeintlicher Herzog, Kardinal, Kurtisane. Papst, Kurtisane, Kardinal. Onkel, Bruder, Bruder. Herzogin, Bruder, Killer.

Sag einmal Papst.
Ppst. (mit vollem Mund)
Noch mal.
Ppppst.
Lauter.
PPPPPPST.
Sag mal Liebe.
Liebe.
Sag mal ich liebe dich.
Ich lie…
Besser nicht. Liebe möglicherweise. Die Hölle.

Und als er ihr noch erklären will, dass eigentlich er, der Bruder, nein eigentlich Carlo, sie umgebracht habe, nicht *er*, oder er, der andere er und nicht er, der Ehemann, der Schwager, der eigene Bruder schließlich. Hörte sie ihn nicht mehr. Hört sie ihn nicht mehr.

Sie stehen rauchend am Fenster. Im Radio läuft fröhliche Musik.
Der Bruder, der sie eben abgemurkst hat, sagt, »um *sie* tut es mir schon leid.«. Der Cousin, der daneben steht, nickt.

Ich habe mit Tätern gesprochen, von siebenundzwanzig Ehrenmördern hat keiner seine Tat bereut, auch wenn es den meisten für die Frau leid tat. Sie sind überzeugt, ihre Tat sei etwas, das ihrer Familie nützt und den gesellschaftlichen Erwartungen entspricht.

(Hülya Özaktürk)

I'm not your toy La Roux
White Nights Oh Land
One Chance Danananananaykroyd

Da liegt sie, die Herzogin. Starrt. Was vor ihr liegt? Ein Dolch? Ein Flackern in der Iris. Die Pupillen verengen sich. Er muss ihn abgelegt haben, als er die Schnur holte. Da ist ein leichter Luftzug in der Mundhöhle. Da geht noch was. Die Hand. Die Hand. Beweg dich, Hand. Die Hand bewegt sich. Sie ist noch da, die Hand bewegt sich langsam Richtung Dolch. Die zweite Hand. Zweite Hand?
Sie reden und lachen, rauchen zum Fenster hinaus.

Die Hand greift nach dem Dolch. Sie hat nur eine Chance. Diese eine. Nimm den Dolch, Hand. Irgendwo in ihrem Körper sammelt sich alle Kraft. Sie nimmt all die Kraft, ein letztes Mal, der Dolch, die Hand, sie zusammen, die beiden am Fenster, mit einem Schrei und dem Baby, es ist noch da, wirft sie sich auf die beiden und sticht und sticht und sticht. Sticht zu, was das Zeug hält.

Solange wir leben, sind die anderen tot.

Stronger than me.

(Amy Winehouse)

Eine Frau kann die Ehre der Familie verletzen, indem sie sich weigert, den von der Familie ausgesuchten Mann zu heiraten, wenn sie sich von ihrem Mann, der sie vielleicht misshandelt, scheiden lassen will, wenn sie eine außereheliche Beziehung zu einem Mann führt, wenn ihr eine außereheliche Beziehung zu einem Mann angedichtet wird, wenn sie außerehelich schwanger wird, wenn sie vergewaltigt wird, wenn sie vergewaltigt und schwanger wird, wenn sie Opfer von Inzest wird, wenn die Art und Weise, wie sie ihr Leben führt, von einer bestimmten Norm abweicht etc. Manchmal braucht es nur eine Nichtigkeit, als unanständig geltende Kleidung, ein Blick oder bloße Gerüchte, um Opfer eines Ehrverbrechens zu werden.

In Büchern sind Wörter.
Die Wörter sind in den Romanen.
Wie Wörter die Welt färben.

Es muss in die andere Richtung.
Dieses ständige Pendeln.
Diese Bewegungen. Und Gegenbewegungen.
I know, I know. Die Dialektik der Aufklärung.

Der Roman macht einen Satz in ein anderes Jahrhundert.

Roman = etwas Heterogenes, Heterologes aus WAHR und FALSCH.

(Roland Barthes)

Also klar ist Sex etwas absolut Tolles, ist schließlich 'ne Erfindung Gottes …

Aber auch nicht ganz ungefährlich.

Na ja, die Kirche ist auch nicht mehr dieselbe, so ganz ohne Lust, Ekstase, Party und Ehrenmorde.

Haben Sie das Hohelied Salomons gelesen, Altes Testament? Nein? Ja? Absolut umwerfend, nein wirklich, man fragt sich, wo diese Intensität und sprühende Freude am Liebesleben in unserer ach so sexuell befreiten Gesellschaft geblieben ist.

Über wessen sexuelle Freiheit reden wir denn?

Über *welche* sexuelle Freiheit reden wir denn?

Eben.

Die Erotik zieht sich beständig zurück, seit Jahren schon.

Ist ja nur ein Schlagwort.

Sehen Sie, das Wort Schlagwort finde ich schon problematisch. Was da alles drin steckt.

Ich finde, die Leute sollten sich mehr hauen.

Ja, gleich *vom kleim auf am.*

Selbstverteidigung wäre dann bloß was für Uneingeweihte.

Und Liebes- und Orgasmuskurse für alle.

Sie könnten sich mit den gemeinsamen Genitalien schlagen.
Und gewalt*volle* Kommunikationskurse belegen.
Selbstbefriedigung wäre dann bloß was für Eingeweihte.
(Kopfnicken)
Gleichaltrige gegen Gleichaltrige.
Langweilig.
Und dazwischen sündigen, beichten, sich bessern, sündigen, beichten, sich bessern.
Erinnern, wiederholen, durcharbeiten. Erinnern, wiederholen, durcharbeiten.
Was reden Sie da.

Es ist still. Sie ist tot, bald wird auch das Kind in ihr tot sein, und es ist so unglaublich still. *Man könnte Hank Williams husten hören. Chapeau, Leonard Cohen.* Die Suche nach dem Vorgestern beginnt.

… allmählich ersticke ich, meine Atemluft wird knapper: durch eben diese Asphyxie rekonstituiere ich meine Wahrheit, bereite ich in mir die »Unheilbar«-Liebende vor …

Also ich stelle mir das nicht angenehm vor, O-Ton die Sterbeamme:

Dieses friedlich Sterben, wer hat das erfunden, was für ein Anspruch! Friedlich einschlafen heißt eigentlich, dass man palliativ gut betreut ist. Wenn Menschen sterben, dann ist das meistens eben nicht friedlich. Als ob sich alles verdichtet und sie merken, dass alles zu Ende geht. Jetzt gibt es kein Zurück mehr. Wenn sich der Körper verabschiedet. Da geht was zu Ende und man kann nichts mehr machen. Mir laufen dann auch die Tränen, da fehlen mir dann auch die Worte, was will man denen dann sagen? Bis zur letzten Minute haben alle, wirklich alle, ihr Leben geliebt. Ist einfach so. Dieses Gefühl in 'ner kurzen Zeit bin ich nicht mehr da und trotzdem wird's Frühling … und am Schluss verschwindet der Glaube, da ist ein Moment von Ungläubigkeit und die Realiät ist da, als ob ein hübscher Vorhang weggeht … das überdeckt sich dann … dieses nie wieder, hm … und dann … ist nichts mehr.

(Bettina F., Sterbeamme)

FYI, ich glaube nicht, dass sie Dinge sagt wie, pass gut auf unser Kind auf. Oder als Frage, passt du auf unser Kind auf? Auch nicht, dass sie so gefasst ist. Wo ist denn ihre Wut?! Vielleicht überlegt sie, was ihr Sohn einmal denken wird. Und wer ihm was wie über sie erzählen wird. Wer für ihn da sein wird. Sein Vater. Ihr Mörder. Sie wird nicht mehr da sein. Sie wird nicht mehr denken, nicht weiter denken. Ja, der Tod, das ist dann echt das Ende. Soweit wir eben wissen. Also das Ende. In diesem Leben. Jemandem das Leben nehmen, jemandem alles nehmen, wie gemein. So alle gegen alle. Ja, jeder kann grundsätzlich jeden töten, so Hobbes. Wie fies ist das denn?!!!

Uns ist abhanden gekommen, dass wir auch böse sind.

(Bettina F., Sterbeamme)

Hieraus ergibt sich, daß ohne eine einschränkende Macht der Zustand der Menschen ein solcher sei, wie er zuvor beschrieben wurde, nämlich ein Krieg aller gegen alle.

(Thomas Hobbes)

Abhauen als Ausweg geht nicht.

Wohin denn, so domiziano-mäßig, Domiziano-Style?
Und mit Baby im Bauch. Schwanger. Goldmädchen-killersmile.

kill goldmädchen

ein mädchen ist goldig
wurde in gold getaucht
nun ist sie tot

kill goldmädchen 2
kam der kleine schock
der kommt, wenn wer stirbt

goldmädchenkillersmile
und sie sagte noch
ein mädchen ist goldig

wurde in gold getaucht

Kaum ist die Herzogin tot, bestehen die beiden Kapuzinermönche darauf, die Leiche unverzüglich zu öffnen, um das Kind zu taufen. Das schwärzeste Rosa. Einige Punkte, *Alice Miller*: Das Neugeborene ist immer unschuldig. Jedes Kind hat unabdingbare Bedürfnisse, unter anderem nach Sicherheit, Geborgenheit, Schutz, Berührung, Wahrhaftigkeit, Wärme, Zärtlichkeit. Diese Bedürfnisse werden selten erfüllt, jedoch häufig von Erwachsenen für ihre eigenen Zwecke ausgebeutet, Trauma des Kindesmissbrauchs. Die Folgen dieser Opferung werden daher übersehen. Es gäbe noch mehr Punkte, die wichtig sind. Erwachsene sind auch nur große Kinder. Die Opferung des Kindes, die Opferung der Eltern als Kinder, wird nach wie vor geleugnet.

31. August
Die Herzogin wird in der Kirche von Gallese bestattet. Stendhal sagt, er habe den amtlichen Bericht darüber gelesen, sie sei mit einigem Gepränge bestattet worden.

Rauchpause.
Jesus lay down beside me.

(Mavis Staples)

Unter dem Eintrag CARAFA, *Giovanni im Dizionario Biografico degli Italiani* – Volume diciannove (1976) schreibt Marina Raffaeli Cammarota, Violante sei nachts in einer Kirche in Gallese bestattet worden.

In einer Nacht-und-Nebel-Aktion.

Diese Gefühls- und Sensibilitätsbezeugungen außerhalb im Alltag auf den Fluren des Dorfes. Alle hatten damit gerechnet. Man hatte es schon seit Langem erwartet. Hatte schon mehrmals die Nachricht von ihrem Tod sowohl in Gallese als auch in Rom verkündet.
Erneut ein Fehlalarm?

Nochmal:
Wie das Generalpronomen MAN es ermöglicht, auch dieses »Ärmerwerden«, das beide Geschlechter betrifft, ganz

allgemein zu bezeichnen und sei's nur nebenher, gleichsam in den Obertönen eines Satzes. Sein kritischer Gebrauch, so indirekt er auch sein mag, setzt aber voraus, dass zugleich der Subjektbegriff nicht preisgegeben wird; gerade er darf mit dem man nicht zusammenfallen. Sonst mündet das Wort wie von allein in den Holzweg der Heideggerschen Ontologie. Nicht von ungefähr findet es sich hier großgeschrieben, mit ihm wird der Subjektbegriff denunziert, es wird als Pejorativum abschätzig an dessen Stelle gerückt und zielt eben darin zugleich auf die Vernunft der Aufklärung, die vom Gedanken der Selbsterhaltung bestimmt ist.

(Gerhard Scheit)

Diese Ichs können sich nicht alles merken. Man hat weit anderes gesehen und gehört als von einem Mord außerhalb Roms und das zu einer Zeit, in der der heilige Stuhl nicht besetzt ist. Im Radio am Drehkreuz Nick Cave.

#abspann

Das Konklave, das auf den Tod Paul IV. folgt, ist stürmisch und dauert nicht weniger als vier Monate.

Zurück zu was davor geschah, dass es so kam slash soweit kommen musste, wie es kam.

Zwischen den Hügeln von Soriano und Gallese ist Sommer. Sanfte Hügel, der Geruch von Meer aus der Ferne. Eingebildet. Schiffe, Horizont, Strand, Zitronen, Orangen, Roma. Himmel endlos. All die Pflanzen, und wie sie riechen. Nach diesem und jenem, erinnere dich doch.

was ist dann, wenn irgendwann der wehmut wieder weg ist?
(Edith Payer)

Ein Oleander nach dem anderen. Die ästhetische Wiederholung. Zur Verteidigung des Wörtchens *man* lese man Gerhard Scheit. Die immerwährende Reise, *laß uns beide abhauen nach Süden, Samuel Beckett.* Das Zirpen der Grillen. Ein Gecko, zwei Geckos, drei Geckos, ein Goethe. Die Waffenindustrie rund um Paliano weiter im Süden, Handgranaten und Granatäpfel. La Duchesse unter der Erde. *La terra dei fuochi* noch weiter südlich mit dem ganzen Giftmüll im Brokkoli, in den Pfirsichen rund um Napoli, die es hochschwappt in die Supermärkte Mittel- und Nordeuropas. Dazu die symbolischen Bedeutungsabordnungen rund um einen Ehrenmord. Das Wetter. Ein Film. Schmeiß die Pfirsiche weg!

So ist die Liebe, egoistisch und wechselhaft.

(Jessica Hausner)

Die kann man nicht essen.

Ach ja, das Konklave.

Der 26. Dezember ist ein Samstag. An diesem Samstag ist Kardinal Carlo Carafa genötigt, ja gezwungen, bei der Wahl eines Papstes mitzuwirken, der von Spanien vorgeschlagen worden war. Ob er will oder nicht, er ist allen Maßnahmen, die Philipp II. gegen ihn, Kardinal Carafa, erlassen hat, ausgesetzt. Er denkt, wäre er zu der Zeit, als der Onkel starb, nicht verbannt gewesen, hätte er auf die Wahl Einfluss nehmen oder zumindest die Ernennung des Feindes verhindern können.

Ein Papst wird gewählt. Der neugewählte Papst nimmt den Namen Pius IV. an.

Und die Aussetzung beginnt. Denn schon kurz darauf werden Kardinal Carlo und sein Bruder, der Herzog, verhaftet. Der Befehl Philipp II. geht Richtung Hinrichtung.

Sie müssen sich in vierzehn Hauptanklagepunkten verantworten.

Stendhal: Man verhört alle, die über diese vierzehn Punkte hatten Aufklärung geben können.
Dieser ausgezeichnet geführte Prozeß macht zwei Foliobände aus, die ich mit großem Interesse gelesen habe, weil man

dort auf jeder Seite Schilderungen von Sitten trifft, welche die Historiker der Erhabenheit der Geschichte nicht würdig fanden. Ich habe dort sehr merkwürdige Einzelheiten über einen Mordanschlag verfolgen können, der von der spanischen Partei gegen den Kardinal Carafa versucht wurde, als er noch allmächtiger Minister war. Die Verbrechen, für die die Carafas verurteilt werden, wären für andere keine gewesen.

Den Liebhaber einer untreuen Frau töten müssen und die Frau dazu. Oder den vermeintlichen Liebhaber einer vermeintlich untreuen Frau und sie dazu.

Es genügt ein Verdacht.
Ich sag' nur Medici.
z.B. Paolo Giordano Orsini, der Isabella, die Tochter des Großherzogs von Toscana, heiratet, eine der brillantesten ihrer Zeit. Man sagt, er vermutete, sie sei ihm untreu, vergiftet sie oder lässt sie vergiften, unter Zustimmung ihres Bruders. Orsini wird für das Verbrechen niemals zur Rechenschaft gezogen.

Als der Prozess gegen die beiden Carafa-Brüder beendet ist, wird daraus ein langer Auszug erstellt, der mehrmals von den Kongregationen der Kardinäle geprüft wird.

Stendhal: Nachdem sie darin übereinstimmen, den Mord, der den Ehebruch rächen sollte, mit dem Tode zu bestrafen – eine Art Verbrechen, mit dem das Gericht sich zuvor nie befasst hatte –, ist es nur zu klar, dass der Kardinal schuldig ist, seinen Bruder zum Verbrechen angestiftet zu haben, wie der Herzog schuldig ist, weil er es ausführen ließ.

Also, dass Mord nicht verjährt, gilt klarerweise nicht überall. In Österreich verjährt Mord seit neunzehnhundertfünfundsechzig nicht, in Deutschland seit neunzehnhundertneunundsiebzig. Die Todesstrafe wurde in Österreich neunzehnhundertneunzehn bzw. neunzehnhundertzwanzig abgeschafft, im gleichen Jahr mit der gesetzlichen Aufhebung des Adels und der Vollzugsanordnung der Sommerzeit bzw. dann erneut neunzehnhundertfünfundfünfzig bzw. nach neunzehnhundertachtundsechzig. Während der austrofaschistischen Dollfuß-Regierung wurde die Todesstrafe nur bei Delikten mit NS-Bezug verhängt, basierend auf dem Strafrechtsänderungsgesetz neunzehnhundertvierunddreißig. In Italien wurde sie neunzehnhundertachtundvierzig abgeschafft, in Westdeutschland neunzehnhundertneunundvierzig und in der DDR neunzehnhundertsiebenundachtzig. Aber im Landesgesetz von Hessen ist sie immer noch drin. Und in Italien ist ihre Anwendung bereits seit achtzehnhundertneunundachtzig verboten, stellen Sie sich das vor – mit Ausnahme der Zeit des Faschismus und der frühen Wiederherstellung der Demokratie natürlich, also von neunzehnhundertsechsundzwanzig bis neunzehnhundertsiebenundvierzig. Vielleicht noch ein interessantes Detail: Bevor es Italien überhaupt gab – achtzehnhunderteinundsechzig, Risorgimento, Sie wissen –, wurde die Todesstrafe in beinahe allen pre-unitarischen Staaten durchgeführt, mit Ausnahme des Großherzogtums Toskana, wo sie bereits sehr früh, siebzehnhundertsechsundachtzig, abgeschafft wurde. Das war unter dem Habsburger Pietro Leopoldo (Peter Leopold), später römisch-deutscher Kaiser Leopold II. Unglaublich, nicht? Die Toskana ist somit der erste moderne Staat der Welt, der Folter und Todesstrafe abschafft. Und das genau am dreißigsten November siebzehnhundertsechsundachtzig. Sehen Sie, so lange ist das auch wieder nicht her.

Was sonst noch siebzehnhundertsechsundachtzig war. Wilhelm Herschel erblickt am dreizehnten Oktober im Sternbild Wassermann die Galaxie NGC 7377. Beobachtungstipp: Der Kugelsternhaufen M2 bildet mt den Sternen Sadalmelik und Sadalsud ein rechtwinkeliges Dreieck, er ist mit dem Fernglas als verwaschener Nebelfleck zu sehen. Auch gut: Starmap für iOS. Am einunddreißigsten Januar wird die Oper *Orpheus og Euridice* von Johann Gottlieb Naumann in Kopenhagen uraufgeführt, am ersten Mai *Le nozze di Figaro* von Wolfgang Amadeus Mozart im Burgtheater am Michaelerplatz in Wien, Köchelverzeichnis 492. Schloss Bellevue in Berlin wird fertiggestellt. Johann Wolfgang von Goethe veröffentlicht die Versfassung von *Iphigenie auf Tauris*. Immanuel Kant veröffentlicht *Metaphysische Anfangsgründe der Naturwissenschaft*. Am ersten Juni werden Tausende Menschen bei einem Erdbeben im Süden von Kangding getötet. Zehn Tage später bricht ein nach einem Erdrutsch durch das Erdbeben entstandener natürlicher Damm, der den Fluss Dadu He staut. Über hunderttausend Menschen sterben durch die Flutwelle, die über tausendvierhundert Kilometer schwappt und das Land verwüstet. Am achten August besteigen Jacques Balmat und Michel-Gabriel Paccard den Mont Blanc. Neun Tage darauf stirbt der preußische König Friedrich der Große nach sechsundvierzigjähriger Regierungszeit im Schloss Sanssouci in seinem Sessel. Was wir sonst in Geschichte gelernt haben? Ich weiß es nicht mehr. Alle so dead, white, male.

TRAUM

Traum.
Einfache Erklärung: Ich kann mich an nichts erinnern.
(Margret Kreidl)

Am 3. März 1561 hält Papst Pius V. ein Konsistorium, das acht Stunden dauert und an dessen Ende er das Urteil über die Brüder Carafa spricht.

Prout in schedula – Es möge nach dem Gesetze geschehen. In der Nacht des folgenden Tages

4. März

schickt der Fiskal, als öffentlicher Ankläger im Prozess, den Obersten der Sbirren in die Engelsburg. Sbirri sind die Spitzel, militärisch organisierte Gerichtsdiener, brutale Schergen, Häscher und Wachmänner. Wird bis ins neunzehnte Jahrhundert vor allem im Kirchenstaat und in Venezia verwendet. Ist eindeutig abwertend gemeint, weil die waren gefürchtet, vielfach bestechlich und gewalttätig. Hat sich dann auch als Bezeichnung für Geheimdienstler und Polizisten anderer Länder eingebürgert. Der Oberste der Spitzel wird also geschickt, um das Todesurteil an den beiden Brüdern, Carlo, Kardinal Carafa, und Giovanni, Herzog von Paliano, vollstrecken zu lassen.

Zuerst der Herzog. Er wird von der Engelsburg in das Gefängnis von Tordinone überführt, wo alles schon vorbereitet ist. Hier war eben erst Ferrante d'Alife und Leonardo del Cardine der Kopf abgeschlagen worden.

Der Herzog schreibt noch einmal an seinen Sohn, und schöne Worte an seine Freunde.

fort im blut
– nichts als ein wort,
doch saft war es –
flossen sie,
nein stockten sie und quellten
auch dort, hoch im mund

(Ferdinand Schmatz)

Kardinal Carlo Carafa erdrosselt

Pius IV. In: *Theologische Realenzyklopädie Teil II. Bd. 26.* Berlin/ New York, 2000, S. 652f. Carafa, Carlo. In: Salvador Miranda: *The Cardinals of the Holy Roman Church*, online auf fiu.edu, gesehen am 12. September 2016. Adriano Prosperi: Carafa, Carlo. In: Alberto M. Ghisalberti (Hrsg.): *Dizionario Biografico degli Italiani* (DBI). Band 19 (Cappi-Cardona), Istituto della Enciclopedia Italiana, Rom 1976.

Schafe mit Hirten unter Baum bei Olevano.
Schafe mit Hirten unter Baum bei Gallese.

Gewitter am Monte Serone bei Olevano in den Sabiner Bergen, 1830.
Ludwig Richter

Vom Aufenthalt in Olevano berichtet Franz Horny in einem Brief an seine Mutter vom Juni 1819. E. L. Schellenberg: *Der Maler Franz Horny*, Berlin, 1925, 111.

Blick von Gallese: Abbruch eines bewaldeten Hanges mit großen Bäumen und Baumwurzeln, wie die dunklen und hellen Partien ineinander verwoben sind.
Blick von Soriano: ein paar Ziegelhütten, herbstlicher Rauch, braunes Laub, das Kommen und Gehen der Bauern.
Blick von Paliano:

keine ahnung wo files und notizhefte abgeblieben sind, dabei hatte ich ein schönes gedicht über die horrorvögel und den vögelpark und die bunten kondome hinter unserem zaun ins gästebuch geschrieben. original unauffindbar.

(Sabine Scholl)

Also, wer hat jetzt wen getötet?

Zuerst wurde der vermeintliche Nebenbuhler umgebracht.

Im Duell?

Nein, zuerst gefoltert, mit Geständnis und allem. Und dann erdolcht. Dann die vermeintliche Kupplerin, der wurde die Kehle durchgeschnitten. Dann gab es den Kardinal, der Druck auf den Herzog ausgeübt hat und der hat quasi den Mord an seiner Frau in Auftrag gegeben. Schlussendlich war es ihr Bruder und ein Cousin, die sie umgebracht haben. Eigentlich ihr Bruder. Der Cousin stand daneben.

Sind ja angeblich meistens Brüder, Onkels, Cousins, die die Morde ausführen.

Anwesend waren auch zwei Kapuzinermönche, die als Zeugen fungierten.

Hmmm.

Sie sagen, die Herzogin habe sie gebeten, zu bleiben. Haben zuvor ja auch noch ihren Bruder gebeten, mit der Ermordung zu warten, um die Seele des Kindes zu retten.

Die Frau hat ja gar keine Stimme. Wer repräsentiert die Frau?

Um die geht's ja gar nicht zentral. Sie selbst hat keine Stimme, umso interessanter, wie sie getötet wird. Stimme, Hals. Und so.

Ja, auch spannend, dass bei Stendhal bei jeder Erdrosselung die Schnur beim ersten Versuch reißt. Der Topos der reißenden Schnur beim ersten Versuch kommt so gut wie in jeder Erdrosselungsstory vor.

Wusstest du, dass die Ampeln in Japan einen bläulicheren Grünton als überall sonst auf der Welt haben? ao, bedeutete früher mal *grün und blau*, heute nur noch blau.

Sie prügeln sich *ao?* Nee, Scherz.

Anstatt das Wort zu ändern, haben sie die Farbe geändert.

Blick auf Olevano und Paliano von einer Anhöhe: Der auf einem mächtigen Felsen errichtete Ort bildet das Zentrum. Im Hintergrund die Aussicht auf Berge. Die Häuser davor setzen sich klar vom Himmel ab, und von den am Fuße der Stadt gelegenen Häusern. Von links bricht heitere Sonne ins Bild, einige Dächer leuchten zart terracottafarben. Menschen, Hirten, Kinder, Tiere, Schafe, Hunde. Bäume, Pinienalleen, im Vordergrund ein Oleanderstrauch, bunt und wuchtig. Daneben sandfarben die abgeernteten Felder. Die zwischen zwei Blättern stehende Parallele: der Weg geht nicht wirklich weiter. Und hinten liegt Pasolinis Terracina.

Die Großartigkeit der Landschaft, in feierliches Blau getaucht *die fundamentale farbe der göttlichen wonne*

(Konrad Bayer)

1561
war kein gutes Jahr für die Carafas.

Fünf Jahre später lässt der heilige Papst Pius V. den Prozess neu aufnehmen, der erste Prozess wird für ungültig erklärt.

Der Moment hat keine Meinung.

(Ilma Rakusa)

Im Juni 1566 rehabilitiert Papst Pius V. die Carafas, den Kardinal und seine Brüder. Ihnen werden posthum alle ihre Ehren wieder verliehen. Der Generalprokurator, der zu ihrer Verurteilung beigetragen hatte, wird gehenkt. Begraben wird *il Cardinale* nun, wie auch sein Onkel, *il Pàppa,* in der Carafa-Kapelle in der Kirche *Santa Maria sopra Minerva.*

1992
Papst Johannes Paul II. rehabilitiert den im Jahr sechzehnhundertdreiunddreißig von der kirchlichen Inquisition unter Papst Urban zu lebenslanger Haftstrafe verurteilten Galileo Galilei, der bewiesen hat, was Nikolaus Kopernikus fünfzehnhundertvierzehn als Theorie formuliert: Die Sonne ist der Stern unseres Systems, um den sich die Planeten drehen,

auch die Erde. Dreihundertsechzig Jahre hat es gedauert, bis sie ihn rehabilitierten.

Und einige meiner Freunde so: Passt doch, jetzt ist er wieder dabei.

(Lizzy Fidler)

Pius V. verfügt die Unterdrückung des Prozesses gegen die Carafas. Alle Kopien der Prozessniederschriften, die in den Bibliotheken existieren, werden verbrannt.

Stendhal übersetzt, der Papst habe vergessen, dass er ja in seiner eigenen Bibliothek eine Abschrift des Prozesses besitze. Nach eben dieser Abschrift seien all jene gemacht, die es bis heute gibt.

In der Gegenüberstellung des Kapuziners Antonio di Pavia mit Leonardo di Cardona und Ferrante d'Alife, Violantes Bruder, sagt di Pavia, sein Mitbruder Antonio di Salazar hätte d'Alife noch gebeten, solange zu warten, bis die Herzogin, die im sechsten Monat schwanger war, niederkäme. Man solle die Seele des armen, unglücklichen Kleinen retten, den sie in ihrem Schoß trägt. Man müsse ihn taufen. Oder sie. Doch ihr Bruder, Ferrante, habe nichts davon wissen wollen. Er habe gesagt, er müsse nach Rom und wolle dort nicht mit einer ungesühnten Schmach erscheinen. Mit einer Maske vor dem Gesicht, habe er gesagt.

#rewind_fiaskovorabend

Herzog spricht mit Herzogin. Es geht um was Ernstes: Er und der Marchese, der kleine Bruder, wollen den mittleren Bruder beim Onkel verpfeifen, ihm alles beichten. Seine Unberechenbarkeiten. Seine ungestüme Leidenschaft, ein Querschläger, die kriminellen Ausschweifungen, ich meine, wirklich *kriminell*!!! Er habe den Bogen überspannt.
Sie sagt bloß: Besser nicht. Don't interfere. Er ist dein Bruder, *comunque, never be in frontal opposition to any problems, but control it by swinging with it. Follow the natural bends of things. Be like water.*

Leg die Maske an für den Fiaskoball / Dein Herz ist Zucker / deine Haut deine Haut deine Haut Karamell

(Bilderbuch)

Man erzählt, Domiziano Fornari habe sich in dem kleinen Hafen von Nettuno eingeschifft und seinen Namen gewechselt.

#andenanfang

Am 28. August 1559 schickt der Herzog zwei Kompanien Soldaten nach Gallese. Am 30. kommen Ferrante d'Alife, der Bruder von Violante, und Leonardo del Cardine, ein Verwandter, in Gallese an.

Violante – von Ferne hört sie Pferde – hofft immer noch auf Nachricht von Colonna. Doch nicht der Bote, sondern Ferrante und Leonardo betreten das Zimmer, um ihr zu sagen, dass sie sterben muss.

»Violante, sie ist wunderbar, ich verehre und respektiere sie. Sie ist die Mutter meines Kindes und ich würde nie etwas tun, das sie traurig machen könnte.«

(der Herzog)

Sie erinnert sich. Wie sie einander ansehen, wie zum ersten Mal. Seine Hände. Wie sie sich anfühlen. Der Geruch ihres Sohnes, als er noch ein Baby war, wie phänomenal. Sie schnuppert noch einmal an seinem Scheitel. Wie glücklich sie waren. Sie erinnert sich an den Abend im Palazzo, dort drüben, der blaue Mohair-Mantel.

La luna non è che il complemento della terra, il suo rovescio speculare, il luogo dove s'aduna tutto ciò che sulla terra si perde. Der Mond nichts weiter als die Ergänzung der Erde, ihr Rückspiegel, der Ort, an dem sich alles sammelt, was auf Erden verloren ging.

Ein Mond eben!
Dream darling.
Sie will noch beichten und die heilige Messe hören.

Als Leonardo und Ferrante sich ihr nähern, sieht sie, dass sie sich nicht einig sind. Sie fragt, ob sie einen Befehl ihres Gatten, des Herzogs, hätten, sie zu töten.
»Ja, Signora«, sagt Leonardo. Die Herzogin will ihn sehen. Ferrante, ihr Bruder, zeigt ihn ihr.

Das könnte nun das Ende sein.
Death?

I believe that the purpose of death is the release of love.
(Laurie Anderson)

#waldszene beschreiben Blicke

In Gallese scheint alles den gewohnten Verlauf zu nehmen.

Non è un si bello in tante altre persone, Natura il fece, e poi roppa la stampa.
(Ludovico Ariosto)

Violante : Marcello = N: Schön wie kein andrer,
schuf ihn die Natur, um dann: die Form zu zerhaun.

What did she say?
There never was such beauty in another man. Nature made him, and then broke the mould.
That's what she said.

#versatility #wit #sophistication #grace #sex appeal #creativity. The most versatile joke on earth.

Ohne dieses Ich-liebe-dich ist man dazu verurteilt, die multiplen, unsicheren, zweifelhaften, kargen Zeichen der Liebe auszusenden, ihre Beweise: Gesten, Blicke, Anspielungen so *nah play haar plüsch hals gegend hände regen zart finger wald flächen rausch zwei kussmünder eine stimme*

Wiederholung: Szenen, in denen sich Liebesglück anbahnt, in äußerst kitschige und künstliche Dekors versetzen, irreale Atmosphäre, überladene Räume oder auch nur Wald, Himmel und Geräusche. Menschen sind nicht zu sehen, doch man kann sie hören.

Gehirn Simulierung nämlich Entleibung des Textes, und ich war entgeistert und ich phantasierte eine weisze Lilie die aus seinem Mund wächst

(Friederike Mayröcker)

Wenn wir einander zufällig begegnet sind, hat sie zu mir rübergesehen. Und gelächelt. Immer einen Tick zu lang. Mehr aber auch nicht. Und eines Tages, kurz vor Mitternacht hat sie sich ein Herz gefasst und mir eine Nachricht zukommen lassen. 02:36 Hallo, bist noch wach? 02:40 Und selbst? :) 02:53 È per me? :) So ging das hin und her. Nacht für Nacht. Zettelchen für Zettelchen. Und wenn wir einander begegnet sind, war alles so klar. Non, je ne regrette rien. Sortir du noir et

Das Licht. Das Licht ist heute besonders schön.

(Ulrike Schmitzer)

Nehmen Sie nur das Nötigste mit und löschen Sie die Lichter.

(Adelheid Dahimène)

Dazu Untertitel oder Regieanweisung: Ineinanderspaltungen.

ein huckleberry-leben endlich
beginnen: um es zu schaffen

ps. und so ganz ohne kopf und hals
schneller reiten oben
bleiben bis man es (hi hi)
hinter sich hat denn
es gibt kein hinter sich

und kein zurück (scheinbar)

and faster and faster they went

Besonderer Dank gilt Stendhal, der diese Geschichte fand, übersetzte und publizierte.

VIOLANTE basiert auf Stendhals »La Duchesse de Palliano«. Auch wenn mit zwei L geschrieben, handelt es sich um denselben Ort Paliano (heute mit einem L geschrieben). Die Erzählung wurde – unterzeichnet mit »F. de Lagenevais« – am 15. August 1838 in der Zeitschrift *Revue des Deux Mondes* veröffentlicht und erschien 1855 in einer posthumen Sammlung von Erzählungen, herausgegeben von Romain Colomb, Stendhals Cousin und Nachlassverwalter; darüber hinaus als Teil der *Cronache italiane*, herausgegeben 1947 von Henri Martineau in der Bibliothèque de la Pléiade. In der Einleitung, datiert mit »Palermo, 22 luglio 1838«, hält Stendhal fest, dass seine Arbeit lediglich aus der Übersetzung eines alten Manuskripts (datiert ca. 1566) ins Französische bestand und wies darauf hin, dass das Ereignis tatsächlich passiert sei.

»Ich werde nicht versuchen, der Einfachheit und der manchesmal abstoßenden Roheit der nur zu wahren Erzählung, die ich der Nachsicht des Lesers empfehle, Anmut zu verleihen. Ich werde zum Beispiel die Antwort der Herzogin von Palliano auf die Liebeserklärung ihres Vetters Marcello Capecce ganz wörtlich übersetzen. Diese Monographie einer Familie befindet sich, ich weiß nicht warum, am Ende des zweiten Bandes einer handschriftlichen Geschichte von Palermo, über die ich keine näheren Angaben machen kann.«

(Stendhal)

DANK

Allen, Dick
Dichter, Poet, Literaturkritiker, Wissenschaftler. Mitbegründer des Expansive Poetry Movements.

Anderson, Laurie
Performance-Künstlerin, Musikerin und Filmregisseurin.
»I believe that the purpose of death is the release of love.«

.aufzeichnensysteme
vormals elffriede aufzeichnungssysteme.
»benimm dich.«
»aber wie?«
»es wird verzeichnet, was auf den tisch kommt.«

Aretino, Pietro
Schriftsteller und Dichter der Renaissance, »Geißel der Fürsten«. Auf den Titelblättern seiner letzten Bücher nennt er sich »Pietro Aretino per divina gratia huomo libero« (Pietro Aretino durch göttliche Gnade ein freier Mann).

Ariosto, Ludovico
Humanist, Schriftsteller, Militär, Höfling. Vor allem bekannt für sein Werk »Orlando furioso« / Der rasende Roland. Orlando furioso. Ed. Lanfranco Caretti. 1966. Turin: Einaudi, 1992.
»La luna non è che il complemento della terra, il suo rovescio speculare, il luogo dove s'aduna tutto ciò che sulla terra si perde.«
»Non è un si bello in tante altre persone, natura il fecce, e poi roppa la stampa. Schön wie kein andrer, der ihn mag geleiten: Ihn schuf Natur, die Form dann zu zerhaun.« Orlando Furioso (Canto 10.84) Die erste Ausgabe des »Orlando furioso«, eines Gedichts in 40 Gesängen, Strophen, Liedern, vollendet Ariosto im Jahr 1515. Sie erscheint 1516. Ariosto arbeitet sein Leben lang daran, er soll bereits 1505 daran zu schreiben begonnen haben. Im Jahr 1521 wird eine zweite Ausgabe produziert, die kleinere Revisionen beinhaltet, eine definitive dritte Ausgabe kommt 1532 heraus.

Barthes, Roland

»Literaturwissenschaftler, Philosoph, Linguist

Was man über den Tod sagen kann, ist das Sterben – und das Sterben kann lang sein.« (Barthes 2015: 176)

»Roman = etwas Heterogenes, Heterologes aus WAHR und FALSCH.« (Barthes 2015: 181)

»… allmählich ersticke ich, meine Atemluft wird knapper: durch eben diese Asphyxie rekonstituiere ich meine Wahrheit, bereite ich in mir die ›Unheilbar‹-Liebende vor.«

Roland Barthes (1984): Fragmente einer Sprache der Liebe, in der Übersetzung von Hans-Horst Henschen. Frankfurt a. M.: Suhrkamp.

Roland Barthes (2015/2006): Die Vorbereitung des Romans, Frankfurt a. M.: Suhrkamp.

Bayer, Konrad

Schriftsteller.

»die wirklichkeit ist nicht die summe der fakten, sie ist die summe der möglichkeiten.«

Konrad Bayer zitiert André Breton. Konrad Bayer, Sämtliche Werke, Stuttgart: Klett-Cotta, 1985. Bd. 2, S. 168.

Beckett, Samuel

Schriftsteller.

»Lass uns beide abhauen, nach Süden.« Samuel Beckett, Endspiel / Fin de partie, 1956.

Beclin, Katharina

Assistenzprofessorin am Institut für Strafrecht und Kriminologie der Universität Wien, Abteilung für Kriminologie. Forschungsschwerpunkte: Gender Studies in Strafrecht und Kriminologie, insbesondere Gewalt in der Familie (im Nahraum) und Sexualkriminalität. Jugendkriminalität, Rechtstatsachenforschung, Kriminalstatistik.

Berger, John

Schriftsteller, Maler und Kunstkritiker.

»Ways of seeing. Men look, women appear.«

»The past grows gradually around one, like a placenta for dying.«

»Every city has a sex and an age which have nothing to do with demography. Rome is feminine. So is Odessa. London is a teenager, an urchin, and, in this, hasn't changed since the time of Dickens. Paris, I believe, is a man in his twenties in love with an older woman.«

Berne, Eric
Psychiater. Begründer der Transaktionsanalyse als psychotherapeutisches Verfahren, das er aus der Psychoanalyse ableitete. Berne, Eric: Games People Play: The Psychology of Human Relationship. New York: Grove Press, 1964.

Bilderbuch
Band.
»Leg die Maske an für den Fiaskoball / Dein Herz ist Zucker / deine Haut deine Haut deine Haut Karamell«
(Plansch auf dem Album »Feinste Seide«)

Blasch, Lisa
Linguistin, Universität Innsbruck.
»Das Wunder heißt Vertrauen.«
»Aber, sagte sie, ich liebe dich doch. (Kontext: lesbisch)«

Bowie, David
David Robert Jones. Musiker, Künstler und was für einer! (Lieblings- und Ausnahme-)
I'm stepping through the door
and I'm floating in a most peculiar way
and the stars look very different today

Bramante, Donato
Donato di Pascuccio d'Antonio. Maler, Baumeister und Begründer der Hochrenaissance-Architektur.

Brancaccio, Diana
Beste Freundin, Busenfreundin und Zofe sowie weit entfernte Verwandte von Violante Carafa-d'Alife, der Herzogin von Paliano. Schwärmt für Domiziano Fornari. Marcello Capecce sagt unter Folter aus, er habe kein Verhältnis mit der Herzogin, sondern mit Diana.

Brezny, Rob
Autor und freewill-Astrologe. »Cancer Horoscope for week of December 8, 2016: The poet Dick Allen described Zen Buddhism as being ›so filled with paradoxes that it jumps through hoops that aren't even there.‹ I'm tempted to apply this description to the way you've been living your life recently. While I can see how it may have entertained you to engage in such glamorous intrigue, I'm hoping you will stop. There is no longer anything to be gained by the complicated hocus-pocus. But it's fine for you to jump through actual hoops if doing so yields concrete benefits.«

Bruno, Giordano
Priester, Dichter, Philosoph und Astronom. Postulierte die Unendlichkeit des Weltraums und die ewige Dauer des Universums. Wurde deshalb der Ketzerei und Magie für schuldig befunden und vom Gouverneur von Rom zum Tod verurteilt. Am 12. März 2000 erklärte Papst Johannes Paul II. nach Beratung mit dem päpstlichen Kulturrat und einer theologischen Kommission, die Hinrichtung sei nunmehr auch aus kirchlicher Sicht als Unrecht zu betrachten.

Calvino, Italo
Schriftsteller. Italo Calvino, Rasender Roland, Nacherzählung von Ludovico Ariosts Orlando Furioso. Frankfurt a. M.: Die Andere Bibliothek/Eichborn, 2004.

Capecce, Marcello
Einer der schönsten Männer Roms, Neffe und Günstling des Herzogs von Paliano (Stendhal), vermeintlicher slash mutmaßicher Liebhaber der Herzogin Violante und von Diana (wie er unter Folter aussagt) sowie Verehrer und Freier Martuccias.

Carafa, Alfonso
Alfonso Carafa, Sohn des Marchese von Montebello und junger Kardinal, der einzige in der ganzen Carafa-Familie, mit dem Paul IV. nach der Verbannung seiner Neffen Kontakt hält.

Carafa, Antonio
Zweitältester der Carafa-Brüder. General und Neffe von Papst Paul IV. Wurde 1556 zum Generalgouverneur der Armee des Kirchenstaats und zum Marchese di Montebello ernannt.

Carafa, Carlo
Kardinal und Malteserritter. Von seinem Onkel Papst Paul IV. zum Kardinallegaten von Bologna und Premierminister ernannt. Der jüngste der drei Carafa-Brüder.

Carafa, Gian Pietro
siehe Papst Paul IV.

Carafa, Giovanni
Herzog von Paliano, der älteste der Carafa-Brüder und verheiratet mit Violante di Cardone aka Violante Diaz-Carlon d' Alife.

Carafa, Oliviero
Kardinal und Erzbischof von Neapel. Mentor von Carlo Carafa.

Carafa, Violante / Diaz-Carlon, Violante
Andere Schreibweisen: Violante Diaz-Garlon d'Alife, Violante Diaz-Garion, Violante di Cardine, Violante di Cardona, Violante di Cardone, Violante di Gardona, Violante Diaz-Garion d'Alife, jedenfalls Tochter von Cornelia Piccolomini und des Conte Antonio d'Alife.

Cohen, Leonhard
Rockstar, Dichter, Mönch. »I'm Your Man«.
»I said to Hank Williams: how lonely does it get?/Hank Williams hasn't answered yet/But I hear him coughing all night long/A hundred floors above me/In the Tower of Song«

(Tower of a song lyrics)

Colonna, Ascanio I
Herzog von Paliano von 1520 bis 1556, aus dem Adelsgeschlecht der Colonna. Vater von Marcantonio Colonna.

Colonna, Marcantonio
Herzog von Paliano, Admiral und Vizekönig von Sizilien. Von Papst Pius IV. aus Rom verbannt, tritt Colonna in spanische Dienste

und leitet unter Albas Oberbefehl 1556 die Operationen gegen den Kirchenstaat mit so viel Erfolg, dass man ihn nach Rom zurückruft. Pius V. vertraut ihm 1571 die gegen die Türken ausgerüstete Expedition an, welche sich mit der spanischen unter Juan de Austria vereinigt.

Dahimène, Adelheid
Schriftstellerin, Dichterin.
»Nehmen Sie nur das Nötigste mit und löschen Sie die Lichter.« In: AN GRENZEN, Landstrich. Eine Kulturzeitschrift. 2004, S. 39.

Dalberg-Acton, John
Historiker.
»Macht korrumpiert, absolute Macht korrumpiert absolut.«

d'Alife, Ferrante
Don Ferrante, Graf d'Alife, Mörder und Bruder von Violante/der Herzogin.

da Palestrina, Giovanni Pierluigi
Komponist, Sänger, Kapellmeister und herausragender Kirchenmusiker.

de Gouges, Olympe
Revolutionärin, Frauenrechtlerin, Schriftstellerin und Autorin von Theaterstücken, Verfasserin der Erklärung der Rechte der Frau und Bürgerin von 1791.

de Montaigne, Michel
Michel Eyquem, Philosoph und Essayist, einer der Begründer der Essayistik.

Deutscher, Guy
Sprachwissenschaftler, Linguist. Beschäftigt sich mit Sprache und zeigt, wie sie unsere Denkprozesse und unsere Wahrnehmung der Welt beeinflusst, greift u.a. William E. Gladstones und Lazarus Geigers These der Farbwahrnehmung auf. (Guy Deutscher: Im Spiegel der Sprache. Warum die Welt in anderen Sprachen anders aussieht. München: Beck, 2010)

di Cardona, Leonardo
Schwager von Violante Carafa, Diaz-Garlon, andere Schreibweisen u.a. Leonardo di Cardine.

di Cognati, Imperia
Imperia – La Divina, die Kaiserin der Kurtisanen. Honoré de Balzac beschreibt in seiner Erzählung »La belle Impéria« (1832) eine Kurtisane namens Imperia. Die Geschichte spielt während des Konstanzer Konzils, etwa 100 Jahre vor Imperias Tod, die literarische Figur hat daher mit der historischen Person außer Name und Beruf keine Gemeinsamkeit. Nach Balzacs Imperia entstand das Gemälde »Die schöne Frau Imperia« (1925) von Lovis Corinth, von Peter Lenk stammt die Imperia-Statue im Hafen von Konstanz (1993). Die Geschichte der historischen Imperia wurde in einem italienischen Soft-Porno-Fernsehfilm von 2005 verwertet. Antonius Lux (Hrsg.): Große Frauen der Weltgeschichte. Tausend Biographien in Wort und Bild. Sebastian Lux Verlag, München 1963, S. 239.

Dutta, Soumitra
Ökonom. »Es geht darum, das Unmögliche zu kreieren.«

Dylan, Bob
Songwriter, Musiker, Künstler, Dichter. »To Fall in Love with You« (Townhouse Studio London, 1986). Bekam 2016 den Nobelpreis für Literatur verliehen.

Earhart, Amelia
Flugpionierin, Pilotin und Feministin.
»Adventure is worthwhile in itself.«

Edlinger, Thomas
Gestalter und Moderator der FM4-Sendung »Im Sumpf«. »Wir sprechen gern, damit es nicht still wird um uns.« (Im Sumpf zum Jahreswechsel 2016/2017)

Ernst, Gustav
Prosa- und Drehbuchautor, Gründer und Leiter der Leondinger Akademie für Literatur sowie Herausgeber der »kolik, Zeitschrift

für neue Literatur«. Gustav Ernst: »Zur unmöglichen Aussicht«. Innsbruck, Wien: Haymon, 2015, S. 181.
»(...) vor allem am frühen Morgen, wenn das Wasser leicht gegen den Sand klatscht, sich die Wellen kaum überschlagen, sodass sie aufschäumen, sondern sich dem Ufer sanft nähern in Form von kleinen, schwingenden Hügeln, die nur mit der einen, vorderen Seite nahezu lautlos und wie nebenbei vor sich hin auf den Sand fallen.«

EYE
Laurène Exposito. Musikerin. Minimal synth.
»Avec toi. Oh dis-moi. Est-ce que tu es moi? Ou es toi? Oh dis-moi. Où tu es? Oh Sabine.« (EYE auf dem Album »Sabine«)

Feyertag, Karoline
Philosophin und Forscherin, Mitarbeiterin im FWF-PEEK-Projekt »Dizziness-A Resource« an der Akademie der Bildenden Künste in Wien. Feyertag wirft aus feministischer Perspektive einen Blick auf den Mythos Aufklärung, genauer: auf die dunklen Seiten der Aufklärung. So etwa auch im Rahmen eines Gastvortrags beim Europäischen Forum Alpbach 2016 im Seminar »Macht und Mythos der Kreativität«.

F., Bettina
Sterbeamme, begleitet Sterbende und deren Angehörige.
»Was den Sterbenden Trost gibt? Da gab's einen Sterbenden, der wollte mit mir im Gesundbrunnen, in dem Center oben, einen Kaffee trinken, er fand das großartig. Es sind ganz einfache Wünsche. Diese eine Schokolade essen und so.«
»Uns ist abhanden gekommen, dass wir auch böse sind.«

Fidler, Lizzy
Bildende Künstlerin und Kunsthistorikerin. Für ihr Kunstprojekt »Lazio« fängt sie die Atmosphäre von Innenräumen, Gästezimmern und Restaurantküchen rund um Rom in Pinselzeichnungen ein.
»Soriano ist ein sehr alter Ort und liegt auf einem Hügel. Die Gegend ist überhaupt sehr hügelig. Ich habe in einem Palazzo gewohnt, mich dort eine Nacht eingemietet, ich wollte da unbedingt noch mal hin. Diese Gelassenheit. Rilassante. Auch in Viterbo. Ihre Glanzzeiten

hatten sie dort vor vielen Jahrhunderten. Das sind alte Papststädte, das spürt man. In Tuscania gibt es eine Burg, die als Gefängnis dient, wie in Paliano und heute noch die alte Stadtstruktur.«

Fornari, Domiziano
Edelmann vom Hofstaat des jüngsten Carafa-Bruders, dem Marchese von Montebello. Kurzzeitiger Liebhaber und Schwarm von Diana Brancaccio.

Ferdinand, Franz
Franz Ferdinand. Band.
»I'm gonna make somebody love me. I'm gonna make somebody love me.«

Fuchs, Erika
Übersetzerin. Gab mindestens drei der Panzerknacker Vornamen: Ede, Max und Otto, siehe »Der arme reiche Mann«, »Der Kugeltank« und »Die Panzerknacker gehen auf den Leim«. Ede, Max und Otto, die Anzahl der Panzerknacker bei Carl Barks variiert. Sowohl in Egmontland als auch in Italien setzt sich vor allem ein Dreiergespann durch. Bisweilen sind die Panzerknacker auch eine weltumspannende Organisation z.B. in »Le straordinarie avventure di Paperino Girandola«, »Im Kielwasser der schönen Leokadia«, LTB 58 oder gehören einer Schwerverbrechervereinigung an, siehe »Zio Paperone e le memorabili memorie« / »Onkel Dagobert auf Abwegen«, LTB 116.

Genzmer, Synne
Kunsthistorikerin, freie Kuratorin und Konversationspartnerin, wies mich auf Paul B. Preciado und dessen Beitrag »Restif de la Bretonne's State Brothel: Sperm, Sovereignty, and Debt in the Eighteenth-Century Uopian Construction of Europe« in »South. As a State of Mind #6« (Issue Fall/Winter 2015, S. 44–61) hin.
»Change les mots: Liberté, egalité, humanité!«

Ginzburg, Carlo
Historiker und Kulturwissenschaftler. Vertreter der Neuen Kulturgeschichte und der Mikrogeschichte, die ihre Erkenntnisse über sehr detaillierte Analysen von kleinen Forschungseinheiten sucht,

die sie in einen neuen, größeren Bedeutungszusammenhang stellt. Ginzburg, Carlo (1993): Mikro-Historie: Zwei oder drei Dinge, die ich von ihr weiß. In: Historische Anthropologie, Band 1, S. 169–192.

Gladstone, William Ewart

Philologe und Premierminister Großbritanniens. Kommt in seiner Studie über Homer und seine Zeit zu dem Schluss, dass sich der Farbensinn der antiken Griechen von dem gegenwärtigen fundamental unterschieden haben müsse. Guy Deutscher verfolgt diese These in seinem Buch »Im Spiegel der Sprache« (München: Beck 2010). Belege findet Gladstone darin, dass es bei Homer von der Farbe des Meeres heißt, es sei wie Veilchen, das Fell der Widder in der Höhle des Kyklopen sei veilchendunkel, und auch das Eisen sei »veilchenartig«. Wenn Homer vom Himmel spreche, dann sei der alles mögliche, »bestirnt oder weit oder groß oder eisern oder kupfern; aber blau sei er nie«. Und fragt, warum in Ilias und Odyssee kaum Farben vorkommen. Gladstone, William E. (1858): Studies on Homer and the Homeric Age. London: Oxford University Press.

Go, OK

OK Go. Band.

»We solved our problems with bigger problems.«

(OK Go, The Greatest Song I Ever Heard)

Godard, Jean-Luc

Regisseur und Drehbuchautor.

»It's not blood. It's red.«, war Godards Antwort auf die wiederholte Frage eines Interviewers, warum in »Pierrot le Fou« (1965) so viel Blut vorkomme. Die reale Gewalt, die in Fiktion eingeflochten sei, etwa Nachrichten aus Vietman aus einem Autoradio, zeige vielmehr eine Vorstellung von Gewalt, ebenso wie eine symbolische und simulierte Gewalt später im Film das Reale spiegle. Für jede Blutlache gebe es irgendwo in der Nähe ein rundes, rotes Kissen, analog zu der Zitrone und der gelben Glühbirne Joseph Beuys Multiple Capri-Batterie (1985). Siehe dazu: »It's Not Blood, It's Red: Colour(s) of Jean-Luc Godard« von Robert Barry. vertigo magazine #30, 2012.

Grifone, Camillo
Hauptmann Camillo Grifone, ein Freund und Vertrauter Marcello Capecces.

Grill, Andrea
Schriftstellerin, Dichterin und Biologin.
»Nevica e nevica, ed io ho tanto caldo a letto con te.«
»Es schneit und schneit und mir ist so heiß, im Bett mit Dir.«

Gryphius, Andreas
Dichter und Dramatiker. »Haccus, Maccus, Baccus« kommt 1663 bei Gryphius vor, als er Cyrilla sagen lässt: »Geht/ geht/ geschwinde geht/ liebes Kind! Die heilgen sieben Planeten/ die trösten uns in allen Nöthen! Haccus, Maccus, Baccus, die heilgen Wort/ die bewahren uns in allem Ort! »In: Andreas Gryphius: Horribilicribrifax Teutsch, hrsg. von Gerhard Dünnhaupt. Ditzingen: Reclams Universal-Bibliothek, 2013.
1675 erschien das »Machiavellischer Hocus Pocus Oder Statistisches Taschen- Gauckel- und Narren-Spiel« von dem »Jean-Potagischen Tausend-Künstler, Mons. Courtisan«. Der Begriff »Hocuspocus« findet sich auch in Johann Wolfgang von Goethes »Faust«.

Hausner, Jessica
Regisseurin.
»So ist die Liebe, egoistisch und wechselhaft.«
»Dieses Preußisch-Blau zum Beispiel war in allen möglichen Räumen üblich, die waren knallblau, nicht wie man das in Kostümfilmen oft sieht als hätte es früher keine Farben gegeben.«
Jessica Hausner in einem Interview über ihren neuen Film »Amour Fou«, die Unmöglichkeit wirklicher Nähe und Frauen im Regiefach. Falter Stadtzeitung Wien, 43/2014.

Hobbes, Thomas
Mathematiker, Staatstheoretiker und Philosoph. U.a. bekannt durch sein Hauptwerk »Leviathan«, in dem er eine Theorie des »Absolutismus« entwickelt. Über die Auseinandersetzungen zwischen der Ordnung eines Leviathan und dem Chaos seines Gegenspielers

Behemoth setzt er den Staat als notwendiges Übel in Szene. Leviathan in Hobbes' Erstausgabe seiner staatstheoretischen Schrift (1651) entfaltet seine Wirkung vor allem über die Inszenierung des Staates als Körper und das dahinter liegende negative Menschenbild.

Holiday, Billie
Jazzmusikerin. Sängerin. Songwriterin. »Lady Day« »strange fruit« (1939).
»The livin' is easy.« Summertime lyrics (George Gershwin/DuBose Heyward, 1936).

Holmes Brothers, The
Band. Trio, das in seiner Musik Blues, Gospel, Soul, R&B, Rock and Roll und Country mischte.
»And I love her.« (Beatles cover).
»When something is wrong with my baby.«
»Please don't hurt me.«

Horny, Franz
Maler. Studium an der Weimarer Kunstschule. 1815 wird sein zukünftiger Förderer C. Freiherr v. Rumohr auf ihn aufmerksam, der ihn 1816 nach Italien mitnimmt. In Rom wird Horny Schüler und Gehilfe Joseph Anton Kochs. 1818 erkrankt Horny an Lungentuberkulose, übersiedelt nach Olevano, wo er sechs Jahre darauf einem erneuten Krankheitsschub erliegt.

international, amnesty
Verbrechen im Namen der Ehre (»Ehrenmorde«). *Positionspapier der deutschen Sektion von amnesty international. https://www.amnesty.de/verbrechen-im-namen-der-ehre-ehrenmorde*

Kael, Pauline
Journalistin, Filmkritikerin.
»Do you think John Travolta can ever come back? – He has to. We need him. Movies need him.« Interview
»What she said. The doings and undoings of Pauline Kael.« Nathan Heller. The New Yorker, 24. Oktober 2011. Quentin Tarantino:

Violence is the best way to control an audience, The Telegraph, 12. Januar 2010.

Kalt, Jörg
Journalist, Filmregisseur und Drehbuchautor.
»Normalerweise wird Licht, in Filmen und auch anderswo, dazu benutzt, Dinge sichtbar zu machen.« Jörg Kalt: Mögliche Filme. Wien: Czernin, 2008, S. 46.

Keats, John
Dichter, Vertreter der englischen Romantik.
»I am certain of nothing but the holiness of the Heart's affections and the truth of the imagination. What imagination seizes as Beauty must be truth.« In: Letters of John Keats to His Family and Friends.

Koch, Joseph Anton
Maler, Präceptor der sogenannten »Deutschrömer«, gilt als der bedeutendste Dante-Illustrator des neunzehnten Jahrhunderts. Sein Buch »Moderne Kunstchronik« rechnet mit Missständen in der Kunstwelt ab.

Kreidl, Margret
Schriftstellerin. Das Zitat ist Margret Kreidls Buch »Einfache Erklärung. Alphabet der Träume« (Wien: edition korrespondenzen, 2014, S. 106) entnommen. »TRAUM // Traum. / Einfache Erklärung: Ich kann mich an nichts erinnern.«

Kurzel-Runtscheiner, Monica
Historikerin, Kunsthistorikerin. Direktorin der Kaiserlichen Wagenburg Wien und Autorin u.a. von »Töchter der Venus. Die Kurtisanen Roms im 16. Jahrhundert.« Verlag C. H. Beck, München, 1995. Interview-Auszüge aus »Einfach babelhaft.« In: Der Spiegel 45/1995, S. 263–265. Monica Kurzel-Runtscheiner wies mich auf Ludwig von Pastors 16-bändige »Geschichte der Päpste seit dem Ausgang des Mittelalters« hin, herzlichen Dank!

Lacan, Jacques
Psychiater und Psychoanalytiker. »The Split between the Eye and the Gaze« (1964). In: The Four Fundamental Concepts of Psychoanalysis. New York: Norton, 1978, S. 67–78.

Lanfranchi, Andrea
Sekretär des Herzogs von Paliano, Giovanni Carafa.

Laqueur, Thomas
Kultur- und Wissenschaftshistoriker. Sein Forschungsschwerpunkt ist die Geschichte der Sexualwissenschaft und des kulturellen Umgangs mit Sexualität.

Lee, Bruce
Schauspieler, Martial-Arts-Künstler, Kampfkünstler, Philosoph und Dichter. »Empty your mind, be formless, shapeless – like water. Now you put water into a cup, it becomes the cup, you put water into a bottle, it becomes the bottle, you put it in a teapot, it becomes the teapot. Now water can flow or it can crash. Be water, my friend.« www.goodreads.com/author/quotes/32579.Bruce_Lee.

Lux, Antonius
Große Frauen der Weltgeschichte. München: Sebastian Lux Verlag. 1963, S. 239.

Machiavelli, Niccolò
Niccolò di Bernardo dei Machiavelli. Philosoph, Politiker, Staatstheoretiker, Diplomat, Chronist, Schriftsteller und Dichter.

Mangolte, Babette
Regisseurin und Filmemacherin, Ikone des internationalen Experimentalfilms. »On working in Jeanne Dielman, 23 Quai du Commerce, 1080 Brussels: »Chantal [Akerman] was very clear about the character and the character had nothing to do with who Delphine Seyrig was, who plays Jeanne Dielman. Really the opposite of [Robert] Bresson who cast somebody who looked the part in order to shape that person as if they were clay so he could do with them what he wished. In a film you need to have the stylization of a certain distance, Chantal knew that. Film is not realism. It's not neorealism.

Delphine was perfect for the role: first she was a great actress and she had the intelligence of knowing how you communicated the drama, the unfolding and break down of a woman. It's not melodrama, it's a woman who is unsettled and falling apart.« Babette Mangolte im Gespräch mit Luca Lo Pinto. I = EYE, 17.12.2016, Kunsthalle Wien.

Martuccia

Kurtisane. »(…) eine der schönsten, berühmtesten und reichsten Kurtisanen Roms.« (Stendhal)

Matthaei, Lukas

Regisseur, Diskursproduzent, Mützenträger.

Interessant. Eines der wenigen von ihr überlieferten Statements in der ganzen Geschichte ist dieses »Ich glaube«. Wobei es die ganze Zeit darum geht, dass man ihr wiederum nicht glaubt. Was für ein eigentümlicher Sprechakt dieses »Ich glaube« ist, während man ihr die Luft abdreht – der etwas in Anwesenheit ruft, das nicht da sein kann. Oder darf. Aber dadurch erst notwendig wird.

Mayröcker, Friederike

Schriftstellerin. Lyrikerin. Zitate aus: Und ich schüttelte einen Liebling. Frankfurt a. M.: Suhrkamp, 2006.

»Gehirn Simulierung nämlich Entleibung des Textes, und ich war entgeistert und ich phantasierte eine weisze Lilie die aus seinem Mund wächst, über dem Grab und dem Engelshorn« (S. 116)

»und das war das allerblutigste, *nicht wahr, und es war das Schreiben, man kann es auch das* Gottessen *nennen denn man fühlt sich von einer fremden Gestalt übermannt, und man tritt in eine fremde Welt ein, welche aber* voll Gloriolen*« (S. 110)*

Michelangelo

Michelangelo di Lodovico Buonarroti Simoni. Maler, Bildhauer, Architekt und Dichter.

Miller, Alice

Philosophin, Psychologin, Soziologin, kritische Psychoanalytikerin, Kindheitsforscherin und Autorin. Alice Miller schreibt in »Das verbannte Wissen« (Suhrkamp 1995):

»Die Jung'sche Lehre vom Schatten und die Vorstellung, das Böse sei die Kehrseite des Guten, dienen dem Ziel, die Realität des Bösen zu leugnen. Doch das Böse ist real. Es ist nicht angeboren, sondern erworben, und es ist niemals die Kehrseite des Guten, sondern dessen Zerstörer.« … »Es ist nicht wahr, daß das Böse, Destruktive, Perverse notwendig zur menschlichen Existenz gehört, auch wenn dies immer wieder behauptet wird. Es ist aber wahr, daß es ständig neu produziert wird und mit ihm ein Meer von Leid für Millionen geschaffen wird, das ebenfalls vermeidbar wäre. Wenn einst die aus der Verdrängung der Kindheit entstandene Ignoranz aufgehoben sein wird und die Menschheit erwacht ist, kann sie die Produktion des Bösen einstellen.« Lesenswert auch: Martin Miller – Alice Millers Sohn – über seine Kindheit: http://www.contemporarypsychotherapy.org/volume-7-no-1-summer-2015/interview-martin-miller/

Nirvana
Band.
»Come as you are« (Album »Nevermind«).

Orsini, Camillo
Beamter des Kirchenstaats, Politiker, Verwaltungsreform(er) unter Papst Paul IV.

Orsini, Paolo Giordano
Herzog von Bracciano (ernannt 1560), Militär, Ehemann und mutmaßlicher Mörder von Isabella de' Medici. Es gilt die Unschuldsvermutung.

Ostermayer, Fritz
Journalist, Autor, Musikant, Performer, Radioproduzent und -moderator und künstlerischer Leiter der schule für dichtung in Wien. »Wer Recht haben will, kann nicht genießen. Wer genießen kann, muss nicht Recht haben.« (FM4 »Im Sumpf«, Sendung zum Jahreswechsel 2016/2017)

Özaktürk, Hülya
Soziologin. Hülya Özaktürks Studie über Ehrenmorde in der Türkei wurde 2012 vom Orient-Institut Istanbul veröffentlicht. Hülya

Özaktürk: Ehrenmorde in der Türkei / Türkiye'de Namus Cinayetleri, Pera-Blätter, Orient-Institut Istanbul, Heft 22, Bonn: Max Weber Stiftung, 2012.
»Ich habe mit Tätern gesprochen, von siebenundzwanzig Ehrenmördern hat keiner seine Tat bereut, auch wenn es den meisten für die Frau leid tat. Sie sind überzeugt, ihre Tat sei etwas, das ihrer Familie nützt und den gesellschaftlichen Erwartungen entspricht.«
»Das Gerede ist wichtig, nicht, ob es stimmt. (männlich, 35, kurdisch, sunnitisch)«

Papst Paul IV.
bürgerlich Gian Pietro Carafa. Gründete 1524 zusammen mit Kajetan von Thiene den Orden der Theatiner, Papst Pau IV. vom 23. Mai 1555 bis zu seinem Tod.

Papst Pius V.
bürgerlich Antonio Michele Ghislieri, Dominikanerpriester, von seiner Wahl am 7. Januar 1566 bis zu seinem Todestag Papst, wurde 1712 heilig gesprochen.

Payer, Edith
Bildende Künstlerin. Objekte, Installationen, interdisziplinäre Arbeiten, textile Arbeiten, Text-Bild-Arbeiten, Text. Fotografie. Tattoo-Zeichnerin. Sammlerin. Meisterin aller Medien, des ironischen Humors, der Wehmut und Leichtigkeit. Fand »helmut« aka »wehmut«, einen jungen Jack-Russel-Terrier auf der Bundesstraße nach Paliano.

Peaches
bürgerlich Merrill Beth Nisker, Electroclash-Sängerin und Musikproduzentin. Das Pseudonym Peaches ist einem Lied von Nina Simone entnommen.
»It's fine all of the time / What else is in the teaches of peaches? / Like sex on the beaches«

(Fuck The Pain Away lyrics)

Raffael
Raffaello Sanzio da Urbino, auch Raffael da Urbino, Raffaello Santi, Raffaello Sanzio oder nur kurz Raphael, meist Raffael. Maler und Architekt.

Rakusa, Ilma
Schriftstellerin, Dichterin. »Der Moment hat keine Meinung.« Das Zitat ist Ilma Rakusas jüngstem Buch »Impressum: Langsames Licht« Graz: Droschl, 2016 entnommen.

Restife de la Bretonne, Nicolas
Nicolas Edme Restife de la Bretonne, Le Pornographe. Ou Les Idées d'un honnete homme sur un projet de règlement pout les prostituées propre à prévenir le malheur qu' occasione le publicisme des femmes avec des notes justificatives Paris 1769. New edition of the first part of the text: Le Pornographe. Ou La Prostitution réformée. Paris: Mille et Une Nuit. 2003. In englischer Übersetzung: Le Pornographe. A Genlemen's Ideas on a Project for the Regulation of Prostitutes, Suited to the Prevention of the Misfortunes, Caused by the Public Circulation of Women.

Rinck, Monika
Autorin, Lyrikerin, studierte Religionswissenschaft, Geschichte und Vergleichende Literaturwissenschaft. Das Zitat ist ihrem Gedicht »Himmelshärte« entnommen: »(...) Aber schau, das verletzliche Leben am Morgen ist doch nicht nichts!/Kein falsches Wort, aufstehn, aus dem Fenster sehn, wie eine Halbwelt/aus Blaulicht sich aufhellt, da! Ein Aurorafalter landet, zittert, explodiert.«

Scheit, Gerhard
Wissenschaftlicher Autor und Essayist. Philosoph, Literaturwissenschaftler, Herausgeber von »sans phrase – Zeitschrift für Ideologiekritik«.
»Das Generalpronomen man ist damit das Wort, das es im Deutschen ermöglicht, auch dieses ›Ärmerwerden‹, das beide Geschlechter betrifft, ganz allgemein zu bezeichnen und sei's nur nebenher, gleichsam in den Obertönen eines Satzes. Sein kritischer Gebrauch,

so indirekt er auch sein mag, setzt aber voraus, dass zugleich der Subjektbegriff nicht preisgegeben wird; gerade er darf mit dem man nicht zusammenfallen. Sonst mündet das Wort wie von allein in den Holzweg der Heideggerschen Ontologie. Nicht von ungefähr findet es sich hier großgeschrieben, mit ihm wird der Subjektbegriff denunziert, es wird als Pejorativum abschätzig an dessen Stelle gerückt und zielt eben darin zugleich auf die Vernunft der Aufklärung, die vom Gedanken der Selbsterhaltung bestimmt ist.«
In: »sans phrase – Zeitschrift für Ideologiekritik«, Heft 9, Herbst 2016.
getweakt: Wie das Generalpronomen MAN es ermöglicht, auch dieses »Ärmerwerden«, das beide Geschlechter betrifft, ganz allgemein zu bezeichnen und sei's nur nebenher, gleichsam in den Obertönen eines Satzes.

Schmatz, Ferdinand
Schriftsteller, Dichter, Leiter des Instituts für Sprachkunst, Universität für Angewandte Kunst Wien.
»fort im blut / – nichts als ein wort, / doch saft war es – / flossen sie, / nein stockten sie und quellten / auch dort, hoch im mund«
In: Ferdinand Schmatz, QUELLEN. Innsbruck, Wien: Haymon, 2010, S. 76.

Schmitzer, Ulrike
Schriftstellerin und Wissenschaftsjournalistin.
»Das Licht. Das Licht ist heute besonders schön.« In: »Es ist die Schwerkraft, die uns umbringt«, erschienen in der edition atelier, Wien, 2014, S. 5.

Scholl, Sabine
Schriftstellerin. Studierte Germanistik, Geschichte und Theaterwissenschaft. Lehraufträge an mehreren Hochschulen.
Notiz aus Paliano: »keine ahnung wo files und notizhefte abgeblieben sind, dabei hatte ich ein schönes gedicht über die horrorvögel und den vögelpark und die bunten kondome hinter unserem zaun ins gästebuch geschrieben. original ist unauffindbar.«

Schmitz, Sigrid
Biologin und Wissenschaftsforscherin, Professorin für Gender Studies an der Fakultät für Sozialwissenschaften und wissenschaftliche Leiterin des Referats Genderforschung an der Universität Wien.

Shakespeare, William
Dramatiker, Lyriker und Schauspieler.
»t'was caviare to the General / t'was caviare to the Cardinal« (Hamlet, II. Act: tweaked!)

Sharpe, Eward & The Magnetic Zeros
Band.
Every part of you is just another part of me. Every part of you is just another part of me.
(Every Part of You lyrics)

Sharrock, Sonny
Musiker. Jazz-Gitarrist. Portrait of Linda in three colours, all black. (1969) Black Woman Album. Such beautiful noise.

Sissa, Giulia
Historikerin und Philosophin. L'Âme est un corps de femme. Paris: Odile Jacob. 2000.

Stendhal
Marie-Henri Beyle, Schriftsteller, Journalist, Kritiker und Essayist, Militär und Politiker. Besonderer Dank gilt Stendhal, der Violante Carafa Diaz-Garlons Geschichte fand, übersetzte und publizierte.

Szymborska, Wisława
Lyrikerin. 1996 bekam sie den Nobelpreis für Literatur verliehen. Großartig u.a. das Gedicht »Landschaft mit Sandkorn«. »was es heißt, mit den Augen zu sehen, / wozu mir das Herz schlägt / und weshalb mein Körper keine Wurzeln schlägt«

Tarantino, Quentin
Regisseur und Drehbuchautor.
»Extreme violence in film is the best way to control the emotions of audiences«, claims Quentin Tarantino. »I feel like a conductor and

the audience's feelings are my instruments. I'll be like, ›Laugh, laugh, now be horrified‹. When soemone does that to me I've had a good time at the movies.«
Quentin Tarantino: Violence is the best way to control an audience, The Telegraph, 12. Januar 2010.

Timm, Uwe
Schriftsteller.
»Alle Stimmen sprechen.« Uwe Timm in einer Sendung des Westdeutschen Rundfunks (WDR) am 28. März 2004.

Velvet, Underground
»I am tired, I am weary. I could sleep for a thousand years. Ich, ein Herzog. Ich, seine geliebte Frau. A thousand dreams that would awake me.« (Venus in Furs written by Lou Reed)

von Aquin, Thomas
Thomas Aquinas, Philosoph und Dominikanerpater.
»Das Böse ist das Fehlen des Guten.«
Stimmt nicht, Thomas von Aquin: Gutes ohne Böses kann es sehr wohl geben – jedoch Böses ohne Gutes nicht. Nachzulesen – ganz wichtig, importantissimo – bei Alice Miller, siehe auch Miller, Alice.

von Goethe, Johann Wolfgang
Schriftsteller, Dramatiker, Dichter, Kunstkritiker, Philosoph, Naturwissenschaftler, Jurist und Staatsmann.
»Page: Ich bin verliebt, man hält mich nicht für voll. Mephistopheles: Ich weiß nicht mehr, wohin ich hören soll.« (Faust II)

von Pastor, Ludwig
Freiherr Pastor von Camperfelden, Historiker und Diplomat. Er schrieb – aus streng katholischer Perspektive – eine sechzehn-bändige Geschichte der Päpste im Zeitraum von 1417 bis 1799. von Pastor, Ludwig (1886): Geschichte der Päpste seit dem Ausgang des Mittelalters. Band 7. Freiburg im Breisgau: Herder. Siehe auch Relazione di Roma di Bernardo Navagero, 1558. In: Relazioni degli ambasciatori veneti al senato, ed. Eugenio Albèri, ser. III, Florenz 1847.

Waltz, Christoph

Schauspieler. »Try as you might, you can never break free from your past.« Interview. The Guardian, 10. Oktober 2015.

Wimmer, Herbert J.

Freier Autor. Zitate aus INTERFER – BLAUNSTEINERBUCH, erscheint im Herbst 2017 im Sonderzahl Verlag Wien sowie aus TOTE IM TEXT: Thriller – Eine Irritation. Sonderzahl Verlag Wien, 2015.

»APPENDIX - 19. juli // die welt ist meine haut / die haut ist meine welt // – // mein bewusstsein gehört mir!? / [lässt mich mein bewusstsein sagen/denken] // (gasthaus blauensteiner)«

(In: INTERFER – BLAUNSTEINERBUCH)

»weiß ragen Knochensplitter aus der blutigen Masse«

(In: TOTE IM TEXT)

Winehouse, Amy

Musikerin. Sängerin. Songwriter. »Stronger than me.«

Zaimoglu, Feridun

Schriftsteller, Künstler.

»Wir leben in einer Zeit der Glaubenskriege.« Feridun Zaimoglu zu seiner Installation »KanakAttack» (Kurier 04.03.2005, S. 29)

Notiz 1

Opfer von Ehrverbrechen sind meistens Frauen und Mädchen. Es können auch Männer betroffen sein, als Liebhaber von Frauen, als vermeintliche Liebhaber, als Homosexuelle. Die beschuldigten Frauen und Mädchen und anderswie Beteiligten erhalten keine Möglichkeit, sich zu verteidigen und die Verdächtigungen klarzustellen. Sie werden prinzipiell als Schuldige angesehen.

Notiz 2

Frauen, Mädchen und Männer, die Bestrafungen im Namen der Ehre bis hin zum Mord befürchten müssen, haben wenig Möglichkeiten zu entkommen bzw. sich zu verstecken. Weltweit stehen in den meisten Ländern, wenn überhaupt, nur wenige Frauenhäuser zur Verfügung. Diese befinden sich in der Regel in den Hauptstädten. Außerhalb ihres Dorfes kennen sich betroffene Frauen oft kaum aus, besitzen wenig oder gar kein Geld und sind als allein reisende Frauen besonders gefährdet. Gelingt es den Betroffenen zu fliehen, sind sie nicht geschützt. Sie müssen jederzeit – auch Jahre später – damit rechnen, getötet zu werden. Verbrechen im Namen der Ehre verjähren nicht.

Die Täter müssen mit keinen oder nur geringen Strafen rechnen. Bei Anzeigen von Frauen wegen Vergewaltigung, sexuellen Angriffen oder anderer Gewalt innerhalb der Familie lassen Behörden häufig unverzügliche und gründliche Maßnahmen vermissen. Der »Wiederherstellung der Ehre« wird in den betroffenen Gemeinschaften eine so große Bedeutung beigemessen, dass der oder die Täter in der Regel mit Nachsicht rechnen kann/können. In einigen Ländern wie etwa Jordanien und Pakistan existieren spezielle Gesetze, die eine starke Strafmilderung oder sogar Freispruch für «Ehrenmörder« ermöglichen. Diese Gesetze gelten allerdings nur für Männer. Frauen, die einen männlichen

Verwandten töten, haben mit langen Gefängnisstrafen oder mit der Todesstrafe zu rechnen.

Notiz 3
Sämtliche Taten im Namen der Ehre sind in Deutschland, der Schweiz und Österreich bereits gerichtlich strafbar. Deren Bezeichnung als «Kulturdelikte« ist strikt abzulehnen, fördert zum einen die Verharmlosung, Entschuldigung oder Rechtfertigung der Delikte, wie auch eine Art «Kennzeichnung« und damit die Stigmatisierung von Personen migrantischer Herkunft oder Angehöriger einer Minderheit und wird vom UN-Komitee zur Beseitigung von Rassismus scharf verurteilt.

(»Verbrechen im Namen der Ehre«. Positionspapier der deutschen Sektion von amnesty international)

Für Qandeel Balochist, Giordano Bruno, Shirin. F.* und
den kleinen Herzog von Cavi.

* Suchen Sie in Ihren Suchmaschinen, in der *Zeit* werden Sie fündig.